BALLES, BEUVERIES ET MORT DU KING BALLES, BEUVERIES ET MORT DU KING

THE VAMPIRE HOUSEWIFE SERIES

JODI VAUGHN

🐝 Réalisé avec Vellum

CHAPITRE UN

J'entendis la voiture remonter l'allée avant qu'elle ne s'arrête, témoignant du nouveau style de vie de mon ex-mari qui avait troqué la Tesla dont il était autrefois si fierté contre une vieille Prius.

Mes sens s'aiguisaient de jour en jour depuis que j'avais été transformée en vampire.

Je terminai mon thermos de O-positif d'une traite et le rinçai rapidement avant de le mettre dans le lave-vaisselle. Khalan, mon Créateur acariâtre, avait pris l'habitude de déposer une glacière de sang au pied de mon lit chaque semaine. Après avoir été transformée en vampire, j'avais fait de mon mieux pour résister à l'appel du sang humain et avais, malgré quelques exceptions, subsisté presque uniquement grâce à du sang animal. Mais Khalan détestait ça. Il préférait que je boive du sang humain, lui qui abhorrait l'humanité entière et adorait les animaux. Et à présent qu'il m'était impossible de me procurer du sang animal, je fermais les yeux sur le fait que Khalan doive s'en prendre à de pauvres innocents pour me nourrir.

Il devait penser que tant qu'il me fournissait, je ne questionnerais pas l'origine du sang qu'il m'apportait. Je gardais cependant un œil sur les nouvelles locales, afin de m'assurer qu'aucun corps vidé de son sang n'ait été retrouvé. Et je n'avais lu aucun article à ce sujet. Pour le moment, tout du moins.

La sonnette de la porte d'entrée retentit à travers la maison alors que je me rendais au salon.

Je déverrouillai la porte et trouvai mes deux adorables enfants derrière elle, leur sac à dos sur l'épaule. Mon ex-mari, Miles, se tenait à côté d'elles, un sourire contrit aux lèvres.

– Coucou les filles, je me penchai pour enlacer Gabby.

Je la serrai un instant, et ne pus m'empêcher de remarquer que ses cheveux n'avaient pas été peignés, et qu'ils dégageaient une odeur étrange. Je jetai un coup d'œil à mon aînée par-dessus l'épaule de Gabby.

Son regard était braqué sur le paillasson, mais ses cheveux étaient au moins peignés, et même à cette distance je devinais qu'ils ne sentaient pas mauvais.

– Salut mon cœur, je caressai les cheveux sombres d'Arianna.

Elle détestait qu'on l'enlace à présent qu'elle était grande. L'adolescence, quelle plaie.

Elle me sourit et m'enlaça brièvement avant d'entrer à l'intérieur. Mon cœur bondit dans ma poitrine. Je ne m'étais pas attendue à autant.

– Vous vous êtes bien amusées chez Papa ? je regardai mes filles tour à tour.

Arianna soupira d'un air agacé et posa son sac à côté de la porte avant de se rendre à la cuisine.

– Trop, c'était super, sourit Gabby. Papa avait plus de dentifrice, du coup il a voulu qu'on utilise du bicarbonate de soude, mais Arianna a dit qu'elle préférerait mourir plutôt que de se laver les dents avec ça. Après elle a vu un cafard aussi gros que mon gros orteil et elle s'est mise à hurler. Elle est restée perchée sur la table une demi-heure, jusqu'à ce que je l'écrabouille avec un livre de médecine de Papa.

Le visage de Gabby s'illuminait tel un arbre de Noël alors qu'elle me racontait son histoire.

Je clignai des yeux d'un air ahuri en me tournant vers Miles.

Je le regardai *vraiment*.

Je remarquai alors qu'il avait perdu beaucoup de poids depuis notre divorce. Ses cheveux grisonnaient autour de ses tempes, et de minuscules ridules entouraient ses yeux bleus. Ses épaules étaient légèrement voûtées, comme s'il portait le poids de la culpabilité de ce qu'il avait fait à notre famille sur les épaules.

La peine et la colère que son infidélité avait provoquées en moi étaient encore bien présentes, mais elles brûlaient avec moins d'intensité à présent.

– Fais-moi plaisir et va te doucher et te laver les dents, je regardai Gabby.

Son sourire se dissipa comme si je venais de lui voler son jouet préféré.

– Je m'occuperai du dîner après.

Je la regardai s'éloigner en direction de sa chambre, en espérant secrètement qu'elle viderait au moins la moitié de la bouteille de shampoing sur sa tête pour dissiper sa puanteur. Je fis une note mentale de sentir ses cheveux pour m'assurer qu'ils soient propres une fois qu'elle aurait terminé.

Gabby était un vrai garçon manqué, qui se fichait de l'hygiène comme de l'an quarante. Elle était le parfait opposé d'Arianna, qui était en train de devenir une femme aux yeux de laquelle l'apparence, les vêtements et les garçons comptaient plus que tout.

– Bon, et bien je vais y aller, Miles plongea les mains dans les poches de son jean pour en tirer un chèque plié. Pardon

pour le retard. J'attendais qu'on me paye mes heures supplémentaires aux urgences.

Je fronçai les sourcils d'un air confus en prenant le
chèque qu'il me tendait.

– Tu n'as pas déjà payé la pension alimentaire ce
mois-ci ?

– C'est l'indemnité compensatoire, ça, il remit les mains
dans les poches de son jean.

La culpabilité me serra l'estomac.

– Oh, dis-je dans un murmure.

Lorsque nous avions essayé de régler notre divorce à
l'amiable, Miles m'avait accusée d'être une mère indigne sur
la base de mensonges de mon ennemie jurée, Veronica. Elle
s'était immiscée entre nous pour semer le trouble dans notre
divorce. Dans le même temps, quelqu'un avait tenté de m'as-
sassiner à de multiples reprises. J'avais été empoisonnée,
attaquée avec une pelle et avait manqué de me faire écraser
par ma porte de garage, après quoi ma conduite de frein avait
été coupée.

Et j'avais eu la faiblesse de croire que Miles était mon
bourreau. J'avais utilisé mes pouvoirs de persuasion vampi-
riques pour l'hypnotiser et le forcer à accepter de me donner
la maison, une pension alimentaire conséquente, et une
indemnité compensatoire encore plus scandaleuse.

Peu après, j'avais découvert que Miles n'avait jamais
attenté à mes jours, contrairement au futur ex-mari de mon
ancienne meilleure amie, Brad. Il avait toujours été au
courant de la liaison que sa femme, mon ex-amie Nikki,
entretenait avec Miles. Mais il n'en n'avait jamais dit mot,
craignant que Nikki ne le quitte pour Miles.

Lorsque j'avais demandé le divorce à Miles, Nikki n'avait
pas attendu une seconde pour quitter Brad. Dans son esprit
tordu et malade, Brad m'avait alors rendue coupable de
l'échec de son mariage. Il m'avait reproché de ne pas avoir

gardé le secret et d'avoir refusé de me contenter « des miettes ».

Mais je n'avais jamais été comme ça. Il était hors de question que je sois l'une de ces femmes qui acceptait de fermer les yeux sur un mari infidèle sous prétexte que j'avais une belle maison. Je n'avais pas été faite ainsi.

– Tu veux entrer boire quelque chose ? On pourrait parler des filles.

Son regard s'illumina brièvement et il se frotta la nuque.

– Je ne dirais pas non à un café.

– Suis-moi à la cuisine, je lui fis signe d'entrer et fermai la porte derrière lui.

Mes talons de marque ne firent pas le moindre bruit alors que je traversai la maison. Il se laissa tomber sur l'un des tabourets qui bordaient l'îlot de la cuisine.

– T'es sûr que tu veux du café ? J'ai une bonne bouteille de Pinot Noir que Gina m'a donnée, si tu veux.

– Non, juste un café s'il te plaît. Je fais des heures sup aux urgences ce soir.

Je lui fis couler une tasse de ma machine à café professionnelle. Je sortis la crème du réfrigérateur que je posai devant Miles. Je n'en prenais jamais dans mon café, mais je m'assurai toujours d'en avoir à la maison malgré tout, au cas où on viendrait me rendre visite.

– L'un des médecins est malade ? C'est pour ça que tu travailles aux urgences ?

Je pris la tasse de café fraîchement préparé qui trônait sous la machine pour la poser devant lui.

– Non. J'ai un peu de mal à payer mes factures à temps en ce moment, c'est tout, il versa un peu de crème dans son café qu'il remua pour obtenir une parfaite teinte caramel.

La culpabilité tordit mon cœur de vampire.

Je ne devais pas être qu'une créature froide et sans émotions, après tout.

– Tu vis encore dans ton appartement ?

Lorsque nous nous étions séparés, Miles avait loué, puis acheté un appartement en ville. Il était spacieux et situé sur Main Street, juste au-dessus des restaurants et galeries d'art tendances de notre petite ville de Charming, dans le Mississippi. Il était splendide, et parfait pour un célibataire.

– Non, il prit une gorgée de café avant de baisser la tête. Je le loue à des étudiants pour l'été.

– Et toi alors, tu vis où ? je plissai les yeux.

Selon l'accord de garde, il était tenu de m'informer de ses changements d'adresse.

– Je loue chez madame Grishom, il détourna le regard en prenant une nouvelle gorgée.

– Madame Grishom ? Cette vieille bique qui vit dans une maison Victorienne ? j'écarquillai les yeux.

Madame Grishom était une vieille fille, qui devait avoir près de quatre-vingt-dix ans. Elle fréquentait la Première Église Baptiste de Charming, et nous nous assurions tous de ne jamais manger une bouchée de ses gratins lorsqu'elle en apportait aux événements organisés en ville. Elle avait en plus sale tendance à entasser les bibelots et devait avoir une vingtaine de chats, qui vivaient tous à l'intérieur.

– Non mais ça va pas ? Tu peux pas vivre là-bas ! Et il est hors de question que les filles y dorment ! je le fusillai du regard.

– Oh, t'inquiète pas. Je vis pas dans la maison, mais dans un appartement au-dessus du garage. Elle me le loue pour pas cher, il acquiesça.

– Combien de cafards est-ce que t'as vu depuis que tu t'es installé ? je posai les mains sur mes hanches.

– J'ai tout fait assainir avant d'emménager, il releva le menton.

– Et pourtant Arianna en a vu un ce week-end.

Il se frotta la nuque en détournant le regard.

J'aurais aimé pouvoir lui en vouloir, mais j'en étais incapable tant il semblait vulnérable à cet instant.

– Miles, combien d'heures supplémentaires est-ce que tu fais en ce moment ? lui demandai-je d'une voix douce.

– Normalement, j'aide aux urgences quand j'ai terminé mes opérations, sauf quand je suis de garde.

Je soupirai.

– Quand est-ce que tu as eu une journée de repos pour la dernière fois ?

– Je travaille pas quand j'ai les filles pour le week-end.

– Et c'est tout ? Miles, t'as l'air exténué. Tu n'as pas besoin de travailler autant.

– Je ne peux pas me permettre de me reposer. J'essaie de mettre de l'argent de côté en louant mon appartement. J'ai prévu de réemménager en septembre. C'est temporaire, tout ça, il se passa une main dans les cheveux avant de se tourner vers moi.

– Il peut se passer beaucoup de choses d'ici là.

J'en étais la preuve vivante. Ma vie entière avait changé en l'espace d'une seule nuit. J'avais découvert la liaison de Miles, avant d'être transformée en vampire mal dans sa peau.

Son téléphone vibra, et il le tira de sa poche.

Il grimaça.

– C'est l'hôpital, il faut que j'y aille, il but son café d'une traite avant de reposer sa tasse sur l'îlot. Merci pour le café.

– Sors par le garage, j'ouvris la porte de la cuisine et enfonçai le bouton pour ouvrir la porte du garage.

– Ta nouvelle voiture te plaît ? dit-il en pointant du doigt ma Volvo noire.

– Elle est pas vraiment neuve.

Je l'avais achetée lorsque ma Volvo blanche avait été déclarée épave après que ma conduite de frein ait été coupée. J'avais choisi le même modèle, dans une couleur différente.

Je jetai un coup d'œil à sa Prius.

– Pourquoi tu conduis une Prius au lieu de ta Tesla ?

Il rougit.

– Elle consomme moins.

– T'as vendu ta Tesla ?

Miles adorait cette voiture plus que tout au monde.

– J'ai pas eu le temps. Elle a été saisie, il baissa la tête. Mais la Prius est pas si mal.

Je ne pus m'empêcher d'avoir de la peine pour Miles en dépit de tout le mal qu'il avait pu me faire. Il avait toujours été très soucieux des apparences et devait à présent passer pour un raté aux yeux de toute la ville de Charming . Il s'était littéralement brûlé les ailes et était tombé dans la misère après avoir nagé dans le luxe pendant des années.

– J'appellerai mon avocate demain pour lui demander s'il est possible de baisser l'indemnité compensatoire.

– Même si elle acceptait de le faire, il faudrait des mois pour que ça soit rendu officiel, Rachel, il me lança un sourire triste et ouvrit la portière de sa voiture.

– Miles, je lui tendis le chèque qu'il m'avait donné en arrivant. Reprends-le.

J'avais suffisamment d'argent en banque pour pouvoir subvenir à mes besoins et à ceux des filles jusqu'à ce que je trouve un emploi.

– Je ne peux pas. C'est la loi. Je ne peux pas me permettre d'aller en prison. T'imagines ce que les gens diraient ?

Il se glissa dans sa Prius avant de mettre le contact.

C'était moi qui l'avais mis sur la paille. Je l'avais hypnotisé pour le dépouiller. Et il allait à présent falloir que je trouve un moyen de réparer mon erreur. Je le devais au moins à mes filles. L'idée qu'elles passent leurs week-ends dans l'appartement infesté de cafards de leur père me retournait l'estomac.

Elles méritaient mieux.

CHAPITRE DEUX

– Vous voulez diminuer l'indemnité compensatoire ? Non mais ça va pas ? me grogna Cherry Grosbout, l'avocate de mon divorce, à l'autre bout du fil.

Elle n'avait pas été mon premier choix lorsque j'avais dû trouver quelqu'un pour me représenter, notamment à cause de son nom de famille absurde. Mais elle était la meilleure, et elle était un véritable bulldog dans la salle de tribunal.

– Il a du mal à payer la pension alimentaire et l'indemnité compensatoire, je me massai les tempes en baillant. C'était une superbe journée de juillet, et les filles jouaient dans la piscine. J'avais du mal à rester éveillée en journée tant le soleil drainait mon énergie. J'étais forcée de boire deux fois plus de sang pour ne pas tomber de fatigue lorsqu'il faisait beau.

– Oui et bien il aurait dû y penser avant de fourrer sa queue dans votre meilleure amie, rétorqua Cherry d'une voix cassante.

– Ex-meilleure amie, lui rappelai-je.

Cherry était connue pour son franc-parler.

– Laissez-moi vous donner un bon conseil, Rachel,

Cherry inspira profondément. Je vais au tribunal tous les jours pour défendre les droits de femmes divorcées et faire en sorte qu'elles puissent obtenir une fraction de ce que vous avez convaincu votre mari de vous donner. Je ne sais toujours pas comment vous avez accompli une telle prouesse, mais j'en serais presque tentée de vous nommer médiatrice auprès de mes clients. Et vous voulez alléger ses charges financières ? C'est hors de question. Sans parler du fait que vous n'avez pas de travail, aucune expérience professionnelle, et donc aucun moyen de payer vos factures. Vous avez besoin de cette indemnité plus que n'importe qui, Cherry raccrocha sans même un au revoir.

Je soupirai, agacée. Je détestais qu'on me raccroche au nez. Et je détestais avoir tort.

Je me tournai vers mes filles. Arianna était assise au bord de la piscine, l'air troublé.

Elle me semblait triste depuis qu'elle était rentrée de chez son père.

– Arianna, tu veux venir une minute pour que je te passe de la crème solaire ? je me redressai sur ma chaise longue.

Le parasol gigantesque ouvert à côté de moi me permettait de me dérober aux rayons du soleil. Je portais mon chapeau à bord large, de grosses lunettes de soleil ainsi qu'un cache-maillot au-dessus de mon bikini. J'étais uniquement sortie pour surveiller les filles dans la piscine. Pas pour bronzer. Je ne pourrais plus jamais me permettre une telle chose.

Arianna me rejoignit d'un pas lent. Je pliai les jambes pour qu'elle puisse s'asseoir au bout de ma chaise-longue. Elle le fit et me tourna le dos.

Je pris le tube de crème-solaire et en vidai dans mes mains avant de les passer sur ses épaules fines.

– Tu passes un bon été ?

– Ouais, j'imagine, dit-elle en baissant la tête.

– Je sais que tu avais hâte de passer une semaine avec

papa. Mais il a appelé ce matin pour dire qu'il devait reporter. Il doit faire des heures supplémentaires.

Elle soupira.

– Je peux te dire un truc ? elle me regarda par-dessus son épaule.

– Bien sûr, ma chérie.

Elle se tourna pour me faire face.

– Ne le dis pas à papa, mais franchement c'est pas grave si on n'y va pas, elle se mordilla la lèvre inférieure.

– Pourquoi ? lui demandai-je d'une voix douce. C'est à cause de l'appartement qu'il loue ?

– Il n'y a pas que ça. C'est franchement dégueulasse, c'est sûr, mais ce serait pas dramatique si papa n'était pas aussi…

– Aussi quoi ? je fronçai les sourcils.

– Je sais pas. Déprimé, j'imagine. Il est pas heureux, elle haussa les épaules.

Mon cœur se brisa pour ma fille. Je devais intervenir. Il était hors de question que je laisse la situation affecter mes enfants.

– Je peux peut-être aider, dis-je doucement.

Elle écarquilla les yeux.

– Vous vous remettez ensemble ?

– Non ma chérie, j'ai bien peur que non.

Son sourire se dissipa.

– Je pense que Papa s'inquiète pour l'argent. Je songe à trouver un travail.

Elle cligna des yeux.

– Toi ? Un travail ?

– Tu sais, je travaillais quand ton père était à l'école de médecine, Arianna. J'étais secrétaire, lui rappelai-je en riant.

– Je sais pas, elle détourna le regard. C'est vrai quoi, qui est-ce qui viendra nous récupérer à l'école, et qui nous emmènera à l'entraînement ? Qui va s'occuper de nous ?

– Je m'occuperai de tout, je replaçai une mèche de

cheveux noirs derrière son oreille. Écoute, je ne veux pas que tu t'inquiètes pour papa. Tout ira bien, je te le promets.

Elle se leva pour retourner à la piscine. Elle éclaboussa sa sœur, déclenchant par là même une guerre aquatique rythmée par leurs doux éclats de rire.

Ce soir-là, j'allumai mon ordinateur une fois les filles couchées et me rendis au salon pour m'installer sur le canapé.

Mes cheveux se dressèrent soudain sur ma nuque et je devinai que quelque chose ne tournait pas rond. Je me tournai vers les portes-fenêtres menant au jardin

et tombai nez à nez avec un vampire d'une centaine de kilos. Khalan, mon Créateur.

– Qu'est-ce que tu fous ici ? J'ai frôlé la crise cardiaque.

Il entra avant même que je ne puisse me lever.

– Je t'ai amené ton dîner, dit-il en me montrant son sac à dos glacière.

Je salivai à l'idée même de boire du sang. Le soleil m'avait plus fatiguée que je ne voulais l'admettre. L'été était véritablement invivable à présent que j'étais devenue un vampire.

Je pris le sac en acquiesçant.

– Merci.

– C'est la dernière fois que je te livre du sang, il me fixa.

– Mais…

– Rachel, tu dois apprendre à te nourrir seule. Il se peut que je ne sois pas toujours là pour t'aider, il se passa une main dans les cheveux.

– Où est-ce que tu voudrais aller ? T'as décidé de partir en vacances ou un truc du genre ? je fronçai les sourcils. Ça part en vacances, un vampire ?

– Oui, et seul, grogna Khalan.

– Je vois, j'allai à la cuisine pour sortir les thermos remplis de sang de leur glacière. J'espère que le donneur est encore…

– En vie ?

Je me tournai vers lui.

– C'est le cas ?

– Tu le saurais, si tu venais avec moi.

Je posai la glacière sur l'îlot de la cuisine et me tournai vers lui, à présent inquiète.

– Sérieusement, tu as prévu de partir ?

– Oui.

– Pour aller où ?

– Ça ne te regarde pas, il lança un coup d'œil aux thermos remplis de sang. Il faut que tu viennes te nourrir avec moi. Tu dois apprendre à te contrôler si tu ne veux pas finir par tuer quelqu'un.

– On a assez d'un meurtrier dans le quartier, soupirai-je.

Mon voisin, Cal, avait assassiné une étudiante quelques mois plus tôt. Il était à présent en prison dans l'attente de son procès. Son épouse, Carla, avait pris un travail de livreuse de pizzas le week-end pour arriver à joindre les deux bouts.

Je ne voulais pas finir comme Carla, à dépendre de quelqu'un pour payer mes factures.

– D'accord, je viens avec toi, dis-je en croisant le regard de Khalan.

– C'est une blague ? il plissa les yeux.

– Non, je suis sérieuse. Je viens. Tu as raison, je déglutis après avoir forcé ces mots à traverser mes lèvres. Je dois pouvoir me débrouiller seule.

Il fit un pas vers moi et plongea son regard dans le mien.

Mon estomac se serra alors que son odeur emplissait mes narines.

Il fallait que je m'éloigne, mais j'étais incapable de forcer mon corps à m'obéir.

– Ton odeur est différente. Tu sens… je fermai les yeux en inspirant profondément.

– Je sens quoi ?

Sa voix profonde éveilla un puissant frisson dans tout mon corps.

Mon cœur se mit à battre la chamade dans ma poitrine, et je tentai de le maîtriser, en vain.

Il sentait bon. Divinement bon. Mais je n'avais aucune envie de lui faire le plaisir de le complimenter. Je me souvenais encore de l'odeur nauséabonde qui collait à sa peau lorsqu'il m'avait transformée. Un mélange de putois et de pisse de chat. Nous n'étions pas exactement devenus les meilleurs amis du monde après notre rencontre. Il me pensait égoïste, et je le trouvais indifférent. Mais au fil des mois, il m'avait sauvé la vie à plusieurs reprises et m'avait prouvé sa valeur et ses qualités. Il en avait fait plus pour moi que mon ex-mari infidèle durant toutes nos années de mariage.

Et puis il y avait eu cette fois où Khalan et moi nous étions enlacés au lit, tels des adolescents démangés par leurs hormones. Mais j'avais choisi de mettre cet instant d'égarement sur le compte de la crise de nerfs dont m'avait accablée la fin de mon mariage, et pas à une véritable attirance physique pour lui.

J'ouvris les yeux. Il était si proche. Son souffle caressait ma joue, et j'entrouvris les lèvres presque malgré moi. Il se pencha, et je retins mon souffle en attendant qu'il m'embrasse.

– Tu devrais mettre ton sang au frigo avant qu'il tourne, il s'éloigna.

Je ravalai ma frustration.

– Merci de m'en avoir apporté. Préviens-moi la prochaine fois que tu iras *chasser*. Je me joindrai à toi.

Un sourire paresseux se glissa sur ses lèvres.

– Tu penses être à la hauteur ?

Je relevai le menton.

– Je sais que je suis à la hauteur.

Il tourna les talons et sortit par la porte de derrière sans un au revoir.

Je grognai. Pourquoi diable avais-je voulu que Khalan m'embrasse ? Qu'est-ce qui ne tournait pas rond chez moi ?

Il fallait vraiment que je me trouve quelqu'un. Au moins un plan cul pour évacuer ma frustration sexuelle.

Mais il fallait d'abord que je m'occupe de choses plus importantes. Comme le fait de trouver un travail pour subvenir aux besoins de mes enfants.

CHAPITRE TROIS

Les vacances d'été étaient enfin terminées, et je devais m'admettre soulagée que les filles soient de retour à l'école.

Alors que les filles avaient repris les cours depuis une semaine, j'avais moi aussi fait mes débuts à mon nouveau travail de barista au café local.

– Madame Jones, vous avez encore confondu le coulis vanille avez le coulis caramel, se plaignit Max en me tendant un gobelet à café.

Il préparait mon café depuis des années, moi qui étais une cliente régulière du coffee shop Caffeine and Cookies. Lorsque j'avais candidaté, je n'avais dit à personne que je cherchais du travail. Non pas que j'en avais honte, mais je craignais ce que mes amis diraient du fait que je veuille travailler pour soulager le fardeau de Miles.

J'avais rangé le chèque de l'indemnité compensatoire dans le tiroir du haut de ma commode. Au cas où. Je n'étais pas stupide au point de déchirer un chèque avant d'être certaine que mon travail au café puisse marcher.

– Désolée, j'étais pourtant certaine d'avoir utilisé le bon coulis cette fois.

J'étouffai un bâillement dans la paume de ma main. J'avais candidaté à divers postes en ligne, mais n'avais reçu aucune réponse à l'exception du café.

Les horaires me convenaient parfaitement. Je pouvais ainsi aller au travail après avoir emmené les filles à l'école et terminais à temps pour aller les récupérer. Et je gardais toujours un thermos de sang à portée de main pour passer la journée. J'étais mieux payée que ce à quoi je m'étais attendue en candidatant, et le poste incluait une assurance dont je n'aurais sans doute pas besoin étant donné que j'étais un vampire et que mes filles étaient couvertes par l'assurance de Miles.

Les choses auraient été simples si je n'avais pas eu autant de mal à suivre le rythme et à mémoriser les diverses façons de préparer une tasse de café.

Max se passa une main dans les cheveux en regardant par la fenêtre, frustré. Il écarquilla les yeux.

– Il va pas falloir chômer.

Je suivis son regard et vis cinq voitures remplies d'étudiants se garer sur le parking avant de sortir de leurs véhicules.

– Tu préfères t'occuper de la caisse pendant que je prépare les cafés ? me demanda-t-il en me lançant un regard inquiet.

Je devais admettre que je préférais la caisse à la préparation des boissons.

– Ça marche. Je gère, ne t'inquiète pas, je lui souris en acquiesçant d'un air confiant.

La porte s'ouvrit, et une vague de bruit traversa l'intérieur du petit café.

– Bonjour et bienvenue à Caffeine and Cookies. Je peux prendre votre commande ? demandai-je au blondinet qui se présenta à la caisse.

Il me lança un sourire aguicheur en s'appuyant sur le comptoir.

– Avec plaisir, ma beauté. Je m'appelle Todd.

J'écrivis son nom sur un gobelet en ignorant sa tentative de flirt pathétique.

– Qu'est-ce que je vous sers, Todd ?

– Ton numéro, il sourit.

La fille qui attendait derrière lui me fusilla du regard en soupirant.

– Dépêche, Todd. On n'a pas de temps à perdre avec tes conneries.

– On se calme, Hélène. Sois un peu gentille, sourit Todd.

– Je vous écoute, Todd, dis-je d'une voix monocorde.

– J'aimerais un latté à la menthe poivrée.

J'échangeai un regard avec Max, qui secoua la tête.

– Nous n'en servons qu'à Noël, je suis désolée.

Il soupira, son sourire se dissipant.

– C'est bien dommage, parce que je ne commande jamais rien d'autre.

– Donc vous ne venez au café que pendant la période de Noël ?

Si Todd et ces jeunes étaient effectivement l'avenir de notre monde, comme on nous en rabattait les oreilles à longueur de temps, nous étions mal barrés.

– Ouais, il haussa les épaules.

– Putain mais dépêche, Todd. On doit reprendre la route dans dix minutes, se plaignit un type gigantesque aux muscles saillants.

– Ils ont pas de latté à la menthe, dit-il en se retournant vers ses amis.

– Alors commande autre chose, cria l'une des filles.

– Je sais pas quoi prendre. Je commande jamais rien d'autre.

Hélène, qui devait en avoir assez d'attendre, se fraya un chemin jusqu'au bout de la file.

– Alors laisse les autres commander pendant que tu lis le menu.

Todd lui lança un regard noir sans pourtant dire un mot.

– Bienvenue à Caffeine and Cookies. Quel est votre nom et qu'est-ce que je vous sers ? lui demandai-je d'un ton enjoué.

– Hélène. Je vais prendre un petit latté à la vanille avec double portion de crème fouettée, cinq petits cappuccinos, deux petits espressos avec une lichette de coulis à la vanille dans l'un, et une lichette de coulis au caramel dans l'autre, et il me faut aussi sept petits cafés, un normal et les deux autres avec de la crème. Oh, et cinq cookies aux pépites de chocolat, deux brownies et quinze cookies au sucre.

Je lui lançai un sourire contrit.

– Pardon, vous pourriez répéter tout ça un peu plus lentement ? je sentis une perle de sueur imaginaire dévaler ma nuque. Et il me faudrait des noms à mettre sur chaque tasse. À moins que vous ne vouliez qu'on écrive *Hélène* sur chacune d'entre elles ?

– Non mais vous êtes bête ou quoi ? répondit-elle dans un regard méprisant.

– Rachel, dépêche-toi de rentrer la commande pour que je puisse commencer les boissons, me murmura Max d'un ton pressé.

Je me tournai vers lui et le fusillai du regard.

– Elle a commandé une centaine de cafés sans nom sur aucun d'entre eux.

– Je peux savoir quel est le problème ? Hélène posa les mains sur le comptoir pour se pencher vers nous. Vous n'arrivez pas à faire votre travail ?

Max se glissa devant moi et lança un sourire désolé à la cliente.

– Non, c'est juste qu'elle…

– Moi, il me semble qu'elle n'est pas assez intelligente pour traiter une simple commande, Hélène croisa les bras sur sa poitrine. Je n'ai pas le temps d'attendre que cette idiote apprenne à se servir d'une caisse et à écrire des noms sur des gobelets en papier.

Une vague de colère me traversa tel un feu d'artifice le quatorze juillet. Mon sang se mit à bouillir dans mes veines, et je fus incapable de faire taire cette émotion aussi soudaine que profonde.

– Pardon, comment vous m'avez appelée ?

Je poussai Max pour pouvoir faire face à Hélène.

– J'ai dit que vous étiez une idiote, répondit-elle, un sourire suffisant aux lèvres. Quoi, vous êtes sourde aussi ?

Je me penchai au-dessus du comptoir pour attraper son poignet émacié.

– Hé, lâchez-moi ! elle écarquilla les yeux.

– Laisse-moi te dire un truc, espèce de petite peste. La plupart des gens n'ont pas la chance d'être nés avec une cuillère d'argent dans la bouche et des parents fortunés pour les gâter. Ces gens-là doivent travailler, parce que tout ne leur tombe pas tout cuit dans la bouche. Ces gens-là contribuent à la société comme tu ne le feras sans doute jamais. Alors je te jure que si je t'entends encore manquer de respect à quelqu'un qui fait de son mieux pour gagner sa vie, je te mettrai mon pied au cul, c'est compris ?

– Rachel ! la voix de Max me fit redescendre sur Terre brutalement, bien que j'ignorais si c'était dû à sa colère ou au silence qui était tombé sur le café.

Je lâchai le bras d'Hélène et regardai autour de moi. Les étudiants étaient tous bouche-bée, leur regard braqué sur moi.

– Rachel, la voix de Max était douce malgré son sérieux. Je peux te parler un instant à l'arrière ?

Je le suivis dans l'arrière-boutique où étaient rangés les gobelets et sacs de grains de café. Les battements de mon cœur ralentirent soudain.

Son regard désolé trouva le mien alors que les mots que je redoutais traversaient ses lèvres.

– Je suis désolé Rachel, mais tu es virée.

CHAPITRE QUATRE

– Mais comment tu t'es débrouillée pour te faire virer du café ? Ce travail n'a pourtant rien de compliqué, si ? Gina me lança un regard incrédule au-dessus de son verre de vin.

J'avais appelée et lui avais demandé de passer pour m'alléger le cœur.

J'appréciais Gina. Elle n'était pas du genre à commérer et ne se mêlait jamais de ce qui ne la regardait pas. C'était une femme d'affaires respectée, une athlète. Elle devait avoir participé au Marathon de Boston au moins trois fois.

– Je t'ai pas demandé de venir pour remuer le couteau dans la plaie, je me laissai tomber sur mon canapé, le regard fixé sur le plafond.

– Alors pourquoi est-ce que tu m'as appelée, Rachel ? Gina posa son verre de vin sur la table basse. J'aurais pensé que tu appellerais plutôt Liz.

Je me redressai pour regarder Gina.

– Je dois avouer que je t'admire. Tu es très indépendante, même si tu es mariée. Tu es belle, talentueuse, intelligente, sans parler du fait que tu ne dis jamais de mal sur quiconque. C'est ce que j'aime chez toi.

Elle sourit.

– Merci, Rachel. Ça me touche beaucoup. J'ai toujours pensé que les gens devaient penser que je suis rustre parce que je me fiche des commérages. C'est presque anti-Sudiste, elle s'enfonça dans le canapé en reprenant son verre. Rappelle-moi pourquoi tu veux travailler alors que tout le monde sait que tu as dépouillé Miles dans le divorce ? Félicitations, au fait, elle me lança un clin d'œil.

J'attrapai un coussin dans lequel j'enterrai mon visage en grognant, puis je relevai la tête pour la regarder.

– Comment tu sais combien j'ai réussi à avoir ?

– Personne ne connaît la somme exacte, mais tout le monde raconte que Miles vit dans un appartement au-dessus du garage de madame Grishom et qu'il fait des heures supplémentaires aux urgences. Sans parler du fait qu'il conduit une Prius maintenant, elle haussa les épaules. Selon moi, c'est surtout la Prius qui a mis la puce à l'oreille de la ville.

Je laissai échapper un rire tremblant. Je pris une nouvelle gorgée de Merlot avant de la regarder.

– Et si je te disais que je me sens coupable à cause de tout ça ? Et que j'essaie de trouver un job pour éviter à Miles de devoir payer une indemnité compensatoire aussi élevée ?

– Pourquoi tu ferais une telle chose ? Gina me lança un regard horrifié. C'est lui qui t'a trompée après tout. Avec ta meilleure amie en plus. Il a été assez arrogant pour croire qu'il pouvait avoir le beurre, et l'argent du beurre. Tu ne penses pas que ce connard a bien mérité tout ce qui lui arrive ?

– C'est vrai, je me mis à me ronger les ongles. Mais c'est encore le père des filles. Et le fait de le voir aussi déprimé et fatigué à longueur de temps commence à les inquiéter. Je veux juste apaiser un peu mes enfants, je soupirai longuement en regardant mon amie.

– Rachel Jones, tu es l'une des femmes les plus généreuses que je connaisse, Gina releva son verre pour trinquer avec moi.

– J'en ai pas l'impression.

– Mais c'est vrai, je t'assure.

Sa gentillesse me réchauffa le cœur et me fit sourire. Cela faisait longtemps déjà que l'on ne m'avait plus complimenté sur ma personnalité. Le divorce m'avait beaucoup coûté en courage et confiance en moi.

Je voulais retrouver celle que j'avais laissée derrière moi en découvrant l'infidélité de mon mari.

– Merci, Gina. J'avais bien besoin d'entendre ça.

– Et toi, il faut *absolument* que tu me dises où tu te fais faire ton Botox, elle me lança un sourire taquin. Tu rajeunis de jour en jour.

Je ne pouvais pas lui avouer que l'éclat de ma peau n'avait rien à voir avec du Botox. Ma nouvelle nature de vampire avait peu d'avantages, mais elle avait au moins fait disparaître mes rides et ridules pour me permettre de retrouver l'apparence d'une jeune femme de vingt ans alors que j'étais en pleine trentaine.

Je laissai échapper un rire. Son sourire se dissipa et elle grogna.

– Bon d'accord, ne dis rien. Mais je finirai par découvrir ton secret un de ces jours, tu verras.

– En attendant, j'ai besoin d'une faveur, dis-je.

– Dis-moi tout.

– Il me faut un travail. Tu ne connaîtrais pas quelqu'un qui a besoin d'une assistante ? demandai-je d'une voix suppliante.

– Pas que je sache, non. Les postes d'assistante se font rares, tu sais. Mais je peux demander.

– Ne dis à personne que tu te renseignes pour moi. J'ai

merais éviter de devoir expliquer à tout le monde pourquoi je cherche du travail.

– Je serai discrète, elle acquiesça.

– Et ça doit pas forcément être un poste d'assistante, même si je n'ai de l'expérience que dans ce domaine. Je travaillais là-dedans quand Miles était à l'école de médecine. Mais le principal serait de trouver un travail qui me permette de bien gagner ma vie et puisse s'adapter à l'emploi du temps des filles.

Gina rit en secouant la tête.

– Tu cherches l'impossible. Le seul travail qui correspond à cette description est celui de Stan, l'oncle bizarre de Liz.

– Oncle Stan ? Tu veux parler de cet enquêteur privé ?

– Ouais. Il vient de renvoyer l'un de ces employés. Il devait se cacher dans un placard pour prendre la femme d'un client en photo avec son amant. Mais la femme l'a surpris et il se l'est tapée sur le sol du dressing. Le mari les a trouvés dans le feu de l'action.

– Et ben…

– Ouais. Non seulement il n'a pris aucune photo, mais le mari a renvoyé l'Oncle Stan en plus, Gina secoua la tête. Tu t'imagines gagner des milliers de dollars rien qu'en prenant en photo des gens en plein ébats ?

– Comment ça, des milliers de dollars ?

Une urgence telle que je n'en avais jamais connue me tordit l'estomac. Je fus soudain submergée par un désir irrésistible de sauter sur mon téléphone pour appeler l'Oncle Stan immédiatement.

– Si je ne dis pas de bêtises, je crois que le photographe se faisait payer trois mille dollars pour une nuit de planque. Et il raflait quelques milliers de plus quand il arrivait à avoir des photos.

– Non mais tu te rends compte ? Même sans les photos, il

devait se faire plus douze mille dollars par semaine rien qu'en travaillant tous les soirs.

– Je sais. Mais c'est pas pour toi, sans genre de travail. Tu t'imagines planquer toute la nuit et devoir emmener les filles à l'école quand tu rentres et les récupérer en fin de journée ? Gina secoua la tête. Tu devrais actualiser ton CV et le poster sur ce site pour intérimaires. Ce genre de travail se transforme parfois en CDI quand on fait du bon boulot, tu sais, elle haussa les épaules.

– C'est une bonne idée. Je n'y avais pas pensé. Merci, Gina.

Une fois Gina partie, j'allai chercher mon ordinateur pour consulter le site pour intérimaires de la petite ville de Charming et de ses alentours. Je me forçai à consulter chacune des annonces, en dépit du fait que j'étais terriblement tentée de faire des recherches sur l'Oncle Stan et son agence de détectives privés.

« *C'est pas pour toi, ce genre de travail.* » Les mots de Gina ne cessaient de résonner dans mon esprit et m'emplissaient de culpabilité à l'idée même que je puisse considérer cette option.

Je continuai mes recherches et trouvai une flopée d'offres d'emploi. Divers postes de nuit étaient proposés, dans des stations-service par exemple, mais ce genre de travail ne m'intéressait pas. Je ne pouvais pas me contenter de gagner le salaire minimum.

Je continuai mes recherches.

L'école des filles avait besoin d'assistants éducatifs, mais je passai cette annonce rapidement en devinant que ce genre de travail ne devait pas beaucoup payer non plus. Une autre annonce disait avoir besoin d'un intérimaire dans une casse, mais les horaires étaient interminables et ne me permettraient pas d'aller récupérer les filles à la sortie de l'école.

Je continuai à faire défiler la page.

Ma détermination commença à s'effriter aux alentours de deux heures du matin, lorsque l'appel d'un travail à douze milles dollars la semaine se fit trop tentant pour y résister, et j'effectuai une recherche sur les agences de détectives privés de Charming.

Je n'en trouvai qu'une.

Les mots AGENCE DE DÉTECTIVES PRIVÉS DISCRÈTE me sautèrent à la figure.

Il n'y avait pas de site web, rien qu'un numéro de téléphone et une adresse. Je les enregistrai dans mon téléphone, après quoi je fermai mon ordinateur, soulagée à l'idée d'avoir peut-être, juste peut-être, trouvé un emploi qui s'adapterait à ma nouvelle vie.

Une fois les filles déposées à l'école, j'appellerais l'Oncle Stan pour tenter de le convaincre de me faire passer un entretien d'embauche. J'espérais juste, et je priais pour qu'il n'ait pas déjà engagé quelqu'un.

CHAPITRE CINQ

Je garai ma Volvo dans un parking derrière l'un des grands bâtiments de bureaux de Main Street. Je venais de déposer les filles à l'école. J'avais appelé l'Oncle Stan quelques minutes plus tôt pour me renseigner au sujet du poste à pourvoir, et il m'avait demandé de passer afin que nous puissions en discuter ensemble. Il avait mentionné avoir un entretien d'embauche avec une autre personne plus tard dans la journée. Je n'avais pas eu le temps de rentrer pour me changer et je m'étais donc rendue à l'agence encore habillée de mon jean slim noir, de mes baskets blanches et or, ainsi que d'un chemisier blanc à manches courtes adorné d'une grosse rose sur le devant.

Je me regardai dans le rétroviseur. Je ne m'étais pas maquillée et je m'inquiétai un instant que mon look trop décontracté ne laisse à penser que je n'étais pas une candidate sérieuse pour ce poste. Si j'avais su que Stan me recevrait dès aujourd'hui, j'aurais soigné mon apparence et aurais mis mon ensemble noir et des talons hauts.

Je voulais prouver à Stan que j'étais faite pour ce travail.

Et je savais combien les premières impressions étaient importantes.

Je fouillai mon sac à main à la recherche d'un tube de rouge à lèvres et appliquai une couche de Pretty Pink Berries sur mes lèvres. Je ne pouvais pas faire mieux.

Je me dirigeai vers l'entrée du bâtiment et ouvris la porte. L'AGENCE DE DÉTECTIVES PRIVÉS DISCRÈTE était située au dernier étage du bâtiment vieillissant. Le premier étage était occupé par un salon de coiffure, le deuxième par un cabinet de comptable, le troisième étage était quant à lui réservé aux avocats les plus mal famés de Charming, qui avaient la réputation de perdre toutes les affaires qu'on avait la mauvaise idée de leur confier.

Je tentai de calmer les battements affolés de mon cœur alors que l'ascenseur sonnait pour indiquer le quatrième étage.

Ses portes s'ouvrirent lentement, et je pénétrai dans le couloir sombre terminé par une porte en verre. Une odeur d'humidité était suspendue dans l'air et le vieux parquet en bois grinçait sous le moindre de mes pas.

Je m'arrêtai devant la porte et attrapai la poignée. Je la tournai et fus contrainte de lui donner un coup d'épaule pour qu'elle accepte de s'ouvrir.

Elle céda bientôt dans un grincement sinistre et révéla un vieux bureau en métal sur lequel étaient empilée une multitude de dossiers. Le fauteuil était vide derrière lui.

– Hé oh ? ma voix raisonna à travers la pièce.

– Je suis là, me répondit une voix masculine rocailleuse depuis une porte ouverte à ma droite.

Je la suivis d'un pas impatient et entrai dans une pièce presque trop petite pour le bureau qui y était installé. Derrière lui était assis un homme que je reconnus comme étant l'oncle de Liz, Stan. Il était petit et chauve, et avait un gros ventre rond. Il portait des lunettes et ronchonnait en examinant les documents éparpillés sur son bureau.

– Je ne sais pas si vous vous souvenez de moi. Je suis l'amie de Liz, Rachel Jones. Nous nous sommes rencontrés à un barbecue l'été passé, je lui tendis la main.

Il me lança à peine un regard avant de la serrer.

– C'est un vrai champ de bataille ici. On s'est fait cambrioler hier soir.

– Vraiment ? Ils ont volé quelque chose ?

– Ah ! Rien d'important, il me sourit brièvement, et je remarquai qu'il lui manquait une dent de devant.

– Vous avez appelé la police ? je joignis les mains, craignant de mettre à mal la scène de crime.

– La police ? Pourquoi est-ce que je ferais un telle chose ? J'ai des photos compromettantes du chef de la police et du maire ici, vous savez. Il faudrait être vraiment con pour appeler la police, Stan grogna en se laissant tomber dans son fauteuil. Asseyez-vous.

Il pointa du doigt le siège en face de lui, et j'y pris place en remarquant son regard dubitatif alors qu'il examinait ma tenue.

– Vous avez un look de mère au foyer.

– Je *suis* une mère au foyer, dis-je en lançant un coup d'œil à mes vêtements décontractés. Je me serais bien changée pour l'entretien, mais je n'ai pas eu le temps de passer chez moi avant de venir.

Il pencha la tête.

– Donc vous voulez travailler pour mon agence ?

– Oui, monsieur, je pris une longue inspiration. Je viens de divorcer et…

Il leva la main pour me faire taire.

– Je sais déjà tout ça.

– Ah ? je ne pus retenir un sourire paniqué.

Il haussa un sourcil.

– Charming est une petite ville, et dans mon travail, il est essentiel de savoir tout ce qui se passe dans la vie de tout le monde, il acquiesça dans ma direction. Votre mari est médecin et il vous a trompée avec votre meilleure amie. La blonde qui a un bon petit cul.

Je me pinçai les lèvres. Le fait qu'on ne cessait de me dire que Nikki avait de belles fesses commençait sérieusement à m'agacer.

– Son cul n'est pas si fantastique que ça.

Il me fixa en silence.

– Enfin bref, j'ai besoin d'un travail pour subvenir aux besoins de mes filles. Mais j'ai un peu de mal à trouver quelque chose qui me conviendrait, étant donné que je n'ai pas travaillé depuis des années.

– Donc si je comprends bien, vous voulez un travail qui vous permettra de gagner beaucoup d'argent et qui pourra s'adapter à l'emploi du temps de vos filles, son regard profond trouva le mien. Vous avez combien de gamins ?

– Deux. Elles sont à l'école.

Il se détendit légèrement en s'appuyant contre le dossier de son siège.

– Madame Jones, est-ce que vous savez ce que j'attends des photographes qui travaillent pour moi ? On ne parle pas de prendre des photos de famille, vous en êtes consciente ? Vous pensez vraiment être à la hauteur ?

– Monsieur…

– Appelez-moi Oncle Stan. Je n'ai pas besoin qu'on me flatte avec des *monsieur*.

– Oncle Stan. Je peux vous assurer que je suis bien consciente des prérequis de ce travail. Je sais que l'on attendra de moi que je prenne des photos compromettantes des habitants de Charming, dont certains que je connais.

– Exactement. Et pour ça, il faut se fondre dans le décor et ne pas se faire remarquer.

– J'en suis capable. Je peux tout à fait me fondre dans le décor.

– Et vous pourrez rester professionnelle ?

– Bien sûr.

– Je crois que vous ne comprenez pas ce que je vous demande. Ce que je veux savoir, c'est si vous pourrez faire votre travail sans vous laisser attendrir par vos émotions et vos valeurs ? Vous seriez capable de prendre des photos de vos amis en train de faire quelque chose d'indécent, et de me les remettre ensuite ?

– Oui, ma voix trembla malgré moi. Je doutais que les activités de mes proches ne requièrent l'intervention d'un détective privé.

La liaison de Miles me revint soudain à l'esprit. Je fis taire cette pensée rapidement.

– Et pour ce qui est des planques ? Vous pensez être assez patiente pour prendre LA bonne photo, même s'il faut attendre des heures ? Vous pensez avoir assez de cran pour espionner des politiciens se faire fister par une pute ?

Je grimaçai.

– Vous êtes sérieux ?

– Ça arrive plus souvent qu'on ne le pense, il acquiesça d'un air solennel.

– Écoutez, je peux vous jurer que je suis à la hauteur. Vraiment. Et je dois dire que ça me plaît, de devoir rester anonyme. Je n'ai pas franchement envie qu'on sache que je fais ça.

– Tant mieux, parce que si je vous donne ce travail, vous ne pourrez pas en parler à quiconque. Pas même à vos filles. Si on apprend que vous êtes ma nouvelle photographe, les gens vous fuiront comme la peste.

– Je comprends. Je serai discrète. Et les horaires sont souples, donc mes filles ne le découvriront pas non plus.

– Et pour ce qui est des nuits ? Vous pouvez planquer pendant toute une nuit ?

– Aucun problème, répondis-je sans hésiter. Je pourrai sortir après avoir mis les filles au lit. Mais ce serait tous les soirs ? Mes voisins risqueraient de trouver ça bizarre à la longue. Je suis plutôt casanière en temps normal.

– Pas tous les soirs, non. Deux soirs par semaine, tout au plus. Parfois même aucun pendant plusieurs semaines.

– Je pourrai engager une baby-sitter. Ça ne devrait pas poser de problème.

Il ouvrit l'un des tiroirs de son bureau et en sortit un appareil photo. Il semblait relativement coûteux. Certaines de mes amies avaient toujours un appareil de ce type pendu au cou pour prendre des photos de leurs enfants. Mais pour être honnête, je n'avais jamais pu me résoudre à investir dans un appareil professionnel alors que mon portable me suffisait.

– Vous êtes comment en photo ? il posa l'appareil devant moi.

– Douée, mentis-je.

– Je vais vous engager à temps partiel. On verra comment vous vous débrouillez et on avisera.

Je me sentis submergée par une vague de soulagement.

– Merci. Alors, par quoi on commence ?

– Je veux que vous suiviez ce type aujourd'hui, il me tendit un morceau de papier. Voilà son adresse. Il est censé être handicapé. Il serait apparemment devenu aveugle dans un accident de voiture. Si c'est vrai, il ne devrait pas sortir souvent de chez lui.

Je lus le nom écrit sur le bout de papier.

– Shannon Curtis. Et qu'est-ce qui vous fait croire qu'il n'est pas aveugle ?

– J'ai piraté ses relevés de compte. Il regarde un sacré

paquet de films porno pour un aveugle, répondit l'Oncle Stan d'une voix monocorde.

– Il se contente peut-être d'écouter, je haussai les épaules.

– C'est possible. Mais j'ai besoin que vous alliez surveiller sa maison, et que vous vous approchiez peut être même suffisamment pour prendre des photos de ce qu'il y fait. Il a installé une grande barrière autour de son jardin, et le dernier photographe n'a pas réussi à passer par-dessus. J'ai le sentiment que quelque chose ne tourne pas rond.

J'acquiesçai en prenant l'appareil photo hors de prix.

– J'ai un peu de temps avant d'aller récupérer les filles à l'école aujourd'hui. Je vais rentrer pour mettre quelque chose de…

– Non, m'interrompit-il en levant la main. Ne vous changez pas. Vous ressemblez à une maman qui a perdu son chien. D'ailleurs, vous devriez utiliser cette couverture si l'un des voisins vous demande ce que vous faites.

J'acquiesçai.

– Autre chose ?

– Oui. Il est essentiel que vous protégiez votre couverture quoi qu'il arrive. Ces photos vont valoir un sacré paquet d'argent.

– Et s'il est innocent ?

Un sourire traversa ses lèvres.

– Ils ne sont jamais innocents, poulette.

CHAPITRE SIX

Je suivis l'adresse de ma cible sur le GPS de ma voiture et arrivai bientôt dans un quartier charmant de l'autre côté de la ville. Il était relativement petit et pittoresque, avec de grands arbres et des pelouses tondues au millimètre près. Les maisons étaient anciennes, quoi qu'il était évident que leurs résidents se donnaient du mal pour les entretenir, si bien qu'elles étaient tout à fait coquettes. Le quartier ressemblait à une communauté pour retraités.

Des dizaines de voitures étaient garées dans la rue, et je décidai de me garer à une maison de celle de Shannon. Mon cœur manqua un battement lorsque je croisai le regard de la femme qui habitait la maison devant laquelle je me trouvais. Je pris mon appareil photo et sortis de ma voiture rapidement.

– Bonjour ! l'interpellai-je en souriant alors que je la rejoignais.

– Je ne veux rien acheter, répondit-elle en plissant les yeux.

Elle semblait avoir la soixantaine, les cheveux légèrement grisonnants. Elle portait un pantalon en coton gris ainsi qu'un chemiser à fleurs et des ballerines noires.

– Oh, je ne suis pas venue vendre quoi que ce soit, mon sourire se figea sur mes lèvres, il fallait que je lui donne un nom. Je suis Nikki Smith, je choisis le prénom de mon ex meilleure amie que je détestais, et le nom de famille Smith, qui était commun. Je suis juste venue prendre quelques photos du quartier. Je travaille pour le lycée. On est à la recherche de quelques coins de verdure où prendre les photos des terminales cette année, je regardai les alentours en souriant. Je n'ai pas pu m'empêcher de remarquer combien vos roses étaient jolies. Et tout cet arrangement paysager que vous avez fait, c'est magnifique. Vous avez engagé quelqu'un pour vous donner un coup de main ?

– Non, me répondit-elle avec un grand sourire. J'ai tout fait moi-même. Enfin, moi et mon mari. Je m'appelle Betty Williams, au fait.

– Et bien je dois dire que vous êtes très douée, Betty, j'effleurai une de ses roses du bout des doigts. Ça vous embête si je prends quelques photos de vos fleurs et du devant de la maison ? J'aimerais vraiment montrer cet endroit à l'école.

– Oh mais bien sûr, allez-y je vous en prie, elle releva la tête en souriant, apparemment fière de ses talents de jardinière.

– Je dois tout de même vous dire que l'école souhaite examiner plusieurs autres maisons avant de faire son choix. Mais je pense vraiment que la vôtre a toutes ses chances de gagner. Après tout, je n'imagine pas meilleur décor pour prendre de jolies photos d'extérieur.

– Merci. C'est vrai que je fais toujours en sorte d'entretenir mes parterres et mon jardin. C'est un peu thérapeutique, pour moi, me répondit-elle d'un air enjoué.

Je lui montrai mon appareil photo :

– Je peux ?

– Je vous en prie, prenez toutes les photos que vous voudrez. Je serais ravie d'aider l'école. Je vous prépare une tasse de thé pendant que vous travaillez ?

– Ce serait avec plaisir, merci, je lui tournai le dos pour pointer le viseur de mon appareil photo en direction du garage du voisin. J'avais ainsi l'air de prendre en photo les roses de Betty alors que j'immortalisais en fait le garage ouvert de Shannon.

Betty retourna à l'intérieur, et je fis le tour de la maison pour me rapprocher de ma cible. La porte qui menait à l'intérieur de la maison de Shannon s'ouvrit soudain, et je pointai mon appareil en direction des pétunias violets qui bordaient le trottoir en faisant semblant de travailler.

Je tendis l'oreille. L'homme ouvrit un congélateur à l'intérieur du garage, à en juger par le grincement que je parvins à entendre.

– Ah, vous voilà, Betty me tendit une tasse d'eau fumante dans laquelle flottait un sachet de thé. Je ne savais pas comment vous le preniez donc je ne l'ai pas sucré.

– C'est parfait. Je n'y ajoute rien du tout normalement, dis-je en portant la tasse à mes lèvres pour prendre une gorgée de thé. Il est délicieux.

Betty sourit en buvant à sa propre tasse.

– Vous savez, si vous cherchez un joli décor pour les photos des terminales, vous devez absolument voir le jardin derrière la maison. J'ai un kiosque et une petite cascade, et il est aussi très fleuri.

– Ah oui ? dis-je en relevant la tête brusquement.

– Oui, rit elle en réponse à ma surprise. Venez, je vous emmène.

Je la suivis jusqu'au jardin, qui était idéalement situé à

côté de celui de Shannon. Il me suffirait de prendre de la hauteur pour pouvoir le surveiller, et ainsi le surprendre en train de faire quelque chose qui prouverait qu'il n'était pas aveugle.

– C'est splendide :

Le jardin était peuplé de fleurs de toutes les couleurs disséminées dans des parterres çà et là.

Une superbe cascade dans laquelle s'épanouissaient quelques carpes Koï coulait paisiblement à côté d'un grand kiosque non loin de la barrière qui séparait cet espace de celui du voisin.

Le téléphone de Betty se mit à vibrer, et elle le sortit de sa poche.

– Je vous laisse travailler. Je dois aller décorer quelques cupcakes avant de les emmener à la maison de retraite.

– Oh, d'accord. Merci beaucoup de me laisser prendre toutes ces photos. Le thé était délicieux.

– C'est avec plaisir. N'hésitez pas à venir me trouver à l'intérieur si vous avez des questions, elle sourit avant de tourner les talons en discutant au téléphone d'un air enjoué. J'épiai son ombre qui se déplaçait à travers la maison la maison et remarquai que la cuisine était située à l'opposé du kiosque.

– Parfait.

Je posai ma tasse sur les pierres qui bordaient l'étang et me dirigeai vers le kiosque.

Je pris quelques photos en chemin alors que je tentai de jeter un œil dans le jardin de Shannon. Lorsque je fus certaine que Betty ne viendrait plus me déranger, je glissai la lanière de mon appareil autour de mon cou et escaladai le kiosque pour prendre un peu de hauteur. Je souris une fois sur le toit. J'avais une vue imprenable sur le jardin de Shannon.

J'y remarquai un barbecue ainsi que du mobilier d'extérieur, mais il me sembla relativement vide, et je perdis soudain espoir de trouver quoi que ce soit de compromettant au sujet de ma cible.

Jusqu'à ce qu'il sorte dans son jardin, habillé uniquement d'un short en jean. Je grimaçai en apercevant son ventre rond dont les bourrelets tentaient d'échapper au tissu beaucoup trop moulant de son short.

Il portait des lunettes de soleil et tenait un ordinateur dans les mains. Il alla s'installer sur une chaise-longue d'un pas rapide.

Pour quelqu'un qui était prétendument aveugle, Shannon se déplaçait avec une facilité déconcertante. Il était cependant possible qu'il ait mémorisé la disposition de son jardin.

Je relevai mon appareil à travers lequel je l'observai un instant. Une vague de culpabilité me traversa soudain. Et si cet homme était effectivement aveugle ? Et s'il ne voyait vraiment plus rien ? Quel genre de personne cela ferait-il de moi ?

Son téléphone se mit à sonner, et il le tira de sa poche arrière en soupirant.

Il jeta un bref coup d'œil à son écran avant de froncer les sourcils et de répondre.

Je penchai la tête, troublée. Il aurait été incapable de lire l'écran de son téléphone s'il était effectivement aveugle.

Je pris une autre photo.

Shannon raccrocha quelques instants plus tard et il jeta son téléphone sur sa chaise longue. Il ouvrit ensuite son ordinateur et se mit à taper sur son clavier.

Je plissai les yeux en essayant de voir s'il était en Braille. J'ignorais si ça existait vraiment, mais je voulais rester optimiste au sujet de cet homme.

– Mais c'est quoi ce bordel ? Shannon jeta ses lunettes à travers son jardin en se levant brusquement.

Mon sang se glaça dans mes veines. M'avait-il vue ?

– J'arrive pas à croire que ces connards veuillent me faire payer pour du porno. Ça devrait être gratuit, putain ! il prit son ordinateur et se mit à taper sur son clavier furieusement.

Pourquoi un aveugle paierait-il pour du contenu pornographique ? Se satisfaisait-il uniquement des gémissements ?

Il grogna en sortant son portefeuille de l'une de ses poches, duquel il tira une carte bancaire.

Il alla ensuite prendre place à la table de son patio où il se mit à entrer ses informations bancaires.

Je plissai les yeux en prenant de nouvelles photos.

Une volée de photos.

La moindre étincelle de culpabilité que j'avais pu ressentir à l'égard de cet homme s'était à présent dissipée.

– Nikki, qu'est-ce que vous faites là-haut ? la voix de Betty traversa le jardin.

Shannon arrêta ce qu'il était en train de faire et releva la tête dans ma direction.

Son regard rencontra le mien. Il eut soudain l'air furieux.

– Non mais vous foutez quoi avec cet appareil, vous ? hurla-t-il.

Merde. Cette fois, il m'avait vraiment vue.

Je descendis précipitamment. La lanière de mon appareil se coinça dans l'une des décorations en bois du kiosque, et le fil de nylon se resserra autour de ma gorge comme le nœud d'un pendu. Mes pieds fendirent l'air alors que je me débattais avec la lanière qui m'étranglait doucement.

Une vague de panique me traversa. Il fallait que je fasse quelque chose.

Je m'agrippai à l'une des poutres du kiosque pour me relever et glisser mon cou hors du nœud. Je récupérai l'appareil avant d'enfin redescendre.

– Hé, vous ! Je peux savoir ce que vous faites ? Vous vouliez prendre des photos de moi à poil ? me cria Shannon à travers la barrière.

Betty me rejoignit en lançant un regard noir à la barrière. Shannon tambourinait sur le bois avec une force telle que je craignis un instant qu'il le fasse voler en éclats.

– Vous le connaissez bien ? lui demandai-je.

– Je ne me mêle pas aux gens de ce *genre*, Betty se pinça les lèvres. Il a hérité de cette maison de sa pauvre mère quand elle est morte. Et il ne fait rien de ces journées, à part se balader à moitié nu avec son ordinateur de malheur.

– Vous pensez qu'il est dangereux ? On dirait qu'il est prêt à en découdre, je me tournai vers la barrière d'un air inquiet et vis une main s'y agripper. Il a l'air de vouloir l'escalader. Madame Williams, on devrait peut-être rentrer et appeler la police.

Je passai un bras autour de ses épaules fines en essayant de la ramener à la maison.

Elle me repoussa, son regard assassin braqué sur la barrière.

– Shannon, t'as pas intérêt à toucher à cette barrière si tu ne veux pas que je te fasse un procès.

– Il a l'air plutôt énergique pour un aveugle, marmonnai-je.

Betty se tourna vers moi brusquement.

– Cet idiot n'est pas aveugle, il fait semblant.

J'écarquillai les yeux.

– Vous en êtes sûre ?

Elle haussa le ton pour s'assurer que Shannon puisse l'entendre.

– Certaine. Il ment à la compagnie d'assurance, et j'en ai assez de lui et de ces gens qui vivent sur le dos de l'état.

– Espèce de vieille peau. Je vous jure que je vais venir... Shannon se tut soudain.

Il jura et s'écrasa par terre en arrachant un bout de la barrière au passage.

7

– Bien fait pour lui, Betty releva le menton d'un air satis-
fait avant de retourner à l'intérieur.

Je récupérai mon appareil et prit une dernière photo de
Shannon, après quoi je rejoignis ma voiture en courant.

CHAPITRE SEPT

Je retournai à l'agence de l'Oncle Stan sans attendre. Il connecta l'appareil photo à son imprimante et imprima plusieurs des photos que j'étais parvenue à prendre.

– Elles sont bien. Vraiment très bien, il acquiesça sa satisfaction. Je suis surpris que vous ayez réussi à le prendre dans son jardin. Vous vous êtes servie d'une échelle ou d'un truc du genre ?

– J'ai grimpé sur un kiosque :

Je me laissai tomber dans un siège en bâillant. J'étais exténuée après avoir passé la journée au soleil, sans parler du fait que j'avais dû courir pour échapper à un sociopathe qui arnaquait sa compagnie d'assurance.

L'Oncle Stan pencha la tête, le regard accusateur.

– Vous vous êtes introduite chez un voisin ?

– Non. Sa voisine, Betty William, m'a laissée entrer, je haussai les épaules. Je lui ai dit que je travaillais au lycée et que je cherchais des endroits où prendre les photos des terminales. Elle avait une jolie cour et elle m'a proposée de me montrer son jardin. Elle m'a aussi confié qu'elle était convaincue que Shannon simulait. Elle devrait pouvoir

témoigner lors d'un procès si votre client décide de le pour-
suivre en justice.

Il rit.

– J'aime votre créativité. Il est essentiel de ne jamais rien
faire d'illégal pour obtenir des photos, autrement elles ne
sont pas recevables en cas de procès.

Il ouvrit un tiroir et en sortit une boîte qu'il ouvrit pour
en extraire des liasses de billets. Il les compta brièvement
avant de les glisser dans une enveloppe.

– Je paie toujours à la réception des photos. Il faut qu'elles
soient de qualité, par contre. Je ne peux pas utiliser celles qui
sont floues, me précisa-t-il en me tendant l'enveloppe.

J'écarquillai les yeux.

– Donc c'est bon, j'ai le job ?

Je récupérai l'enveloppe. Je fus tentée de compter l'argent
qu'elle contenait, mais je me ravisai de peur de paraître
impolie.

– Tant que vous arrivez à avoir des photos, il rangea sa
boîte dans le tiroir qu'il verrouilla. Il me sourit. Allez-y. Je
sais que vous crevez d'envie de savoir combien il y a.

Il haussa un sourcil et j'ouvris l'enveloppe sans attendre
avant de compter les billets qui s'y trouvaient.

– Il y a mille deux cents dollars là-dedans, je le regardai,
stupéfaite.

– Ouaip, il s'enfonça dans son siège et joignis les mains
sur son ventre rond. Le montant varie. Ça dépend du client
et du job.

– Je comprends, je fourrai l'enveloppe dans mon sac
à main.

Il me tendit l'appareil.

– Gardez-le. Vous allez en avoir besoin dans quelques
jours pour un autre contrat.

– Dites-moi tout.

– C'est un peu bizarre, il me lança un regard méfiant.

– Autant qu'un aveugle qui dépense des fortunes à regarder du porno ? je haussai un sourcil.

– J'ai une cliente. Elle est membre de l'Église Adventiste du Septième Jour. Elle voudrait demander le divorce, mais sans devoir quitter son église pour autant. Le problème, c'est que ces gens-là ne voient pas le divorce d'un très bon œil, comme vous le savez sans doute. Du coup, elle a prévu d'engager une escorte pour pousser son mari à la tromper. Il me faut des photos d'eux ensemble pour qu'elle puisse les montrer aux anciens de l'église et qu'ils l'autorisent à divorcer.

Je secouai la tête.

– Elle est prête à piéger son mari pour divorcer ? Et qu'est-ce qu'ils disent de ça, les gens de son église ?

– J'en sais rien, et je m'en fous. Tout ce que j'ai besoin de savoir, c'est qu'elle veut mettre un terme à son mariage et qu'elle est désespérée, répondit l'Oncle Stan. Je n'aurai pas besoin de vous avant vendredi. Elle a prévu de faire son coup ce jour-là.

– Et ce genre de contrat, ça paye autant qu'une fraude à l'assurance ? ricanai-je.

Il sourit.

– Encore plus. Je vous paierai trois mille dollars si vous arrivez à avoir des photos qu'on peut utiliser.

Mon sourire se dissipa sous le coup de la surprise.

– Trois mille ?

– Ouaip. Une femme malheureuse est prête à tout pour se débarrasser d'un mari gênant.

* * *

Ce soir-là, j'attendis que les filles soient couchées pour rassembler mes divers relevés de compte et factures que j'étalai sur la couverture de mon lit. Une fois mes dépenses analysées, je réalisai combien ma collaboration avec l'Oncle Stan allait s'avérer lucrative. Il suffirait que l'argent rentre régulièrement pour couvrir l'indemnité compensatoire que Miles me payait. Mais il faudrait que je continue à obtenir des photos pour ça.

– Tu fais quoi ? me demanda Khalan depuis la porte de ma chambre.

Je me fis violence pour masquer ma surprise.

– Tu sais que c'est une propriété privée ici ?

– Elle ne l'est pas pour moi puisque tu es ma progéniture, me rétorqua-t-il.

Je relevai la tête pour le regarder.

– Qu'est-ce que tu veux, Khalan ? Tu es venu me rappeler quel vampire pathétique je fais ?

– Seulement si tu refuses de venir chasser avec moi.

Je plissai les yeux.

– Ce soir ?

Il me répondit d'un regard assassin.

– Bon, très bien, je me levai et lançai un bref coup d'œil à mon legging et t-shirt noirs. Il faut que je me change, ou ça ira ?

– Suis moi, il tourna les talons pour quitter la pièce. Je pris mes Uggs à la hâte dans lesquelles je glissai mes pieds nus.

Je rattrapai Khalan dans la cuisine.

– Tu veux que je conduise ? je tendis la main pour attraper mon sac à main avant de m'arrêter. Attends, j'ai complètement oublié Gabby et Arianna. Je peux pas les laisser toutes seules.

– Je leur ai amené une nounou, il acquiesça en direction de la porte de derrière.

– J'espère que tu n'as pas encore hypnotisé la pauvre Carla.

Je déteste forcer les gens à faire quelque chose contre leur gré, je plissai les yeux en essayant d'apercevoir la silhouette de ma voisine à travers la fenêtre.

– C'est pas Carla, il alla ouvrir la porte.

Un Berger Allemand gigantesque entra dans la cuisine en silence.

Je sursautai en étouffant un cri.

– Non mais qu'est-ce que tu fous ? Tu peux pas faire rentrer ça ici, dis-je en reculant.

Le chien me rejoignit et s'assit à mes côtés. Il pencha la tête en me fixant.

– Il mord ?

– Pas si tu ne lui demandes pas, ricana Khalan.

– C'est ça, je levai les yeux au ciel en soupirant. Et qu'est-ce qu'il fait chez moi ? C'est ton nouveau coloc ou un truc du genre ?

– Non, c'est *ta* nouvelle baby-sitter.

Je le dévisageai.

– Hors de question.

– Quoi ?

– Je ne vais pas laisser mes enfants seules avec un monstre qui pourrait les égorger sans le moindre effort, je le regardai, les yeux écarquillés.

– Il faut tout le temps que tu exagères.

Il soupira en se laissant tomber sur l'un des tabourets qui bordaient l'îlot de la cuisine. Il était si gigantesque que la pièce semblait minuscule comparée à lui.

– Et je ne vais pas laisser un chien veiller sur mes enfants

– Pourquoi pas ? Dis-toi que c'est un chien de conte de fées qui fait du baby-sitting.

Je le fixai d'un air ahuri avant de soupirer. Il était clair que je n'avais aucune chance de lui faire entendre raison.

– Il s'appelle comment, ce chien ?

– Tueur.

Je lançai un regard désabusé à Khalan. Il sourit. Il se foutait de moi.

– T'es vraiment trop con.

– C'est ce que tu n'arrêtes pas de me répéter, dit-il en se levant. Il faut qu'on y aille, dépêche-toi, il alla jusqu'à la porte qui menait au garage. T'inquiète pas. Tueur protégera bien tes enfants.

– Et s'il y a un feu ?

– Tueur fera sortir les filles et il appellera les pompiers.

– Tu vas me dire que ce chien sait utiliser un téléphone ?

– Ce *chien* est plus intelligent que la plupart des gens. Maintenant arrête d'essayer de gagner du temps et allons-y avant que tous les donneurs potables se fassent vider, il se glissa dans le garage sans attendre ma réponse.

Je me tournai vers Tueur et le pointai du doigt.

– Écoute-moi bien, toi. Tu touches pas à mes enfants, c'est compris ?

Le chien pencha la tête et un filet de bave s'échappa de ses babines. Il soutint mon regard un moment.

– Et ne laisse personne d'autre les toucher, d'accord ?

Le chien me fixa jusqu'à ce que je cligne des yeux.

– Rah, j'attrapai mon sac à main pour suivre Khalan à l'extérieur. Pour que ce soit clair, j'aime pas du tout ça.

Je lançai un dernier regard à la maison.

– J'en prends note. Allons-y, il descendit l'allée en direction de la rue.

Je le rattrapai rapidement.

– Je croyais qu'il fallait qu'on prenne ma voiture ?

– Tu imagines ce que tes voisins diraient s'ils te voyaient partir en voiture en pleine nuit alors que tes enfants dorment à la maison ?

J'hésitai brièvement et jetai un coup d'œil à mon voisinage.

– Ne t'inquiète pas. Tout le monde dort. Et juste pour être sûr, j'ai pris mon propre véhicule. Il est garé au coin de la rue.

Il ne s'arrêta pas pour voir le regard assassin que je lui lançai.

Le quartier était plongé dans l'obscurité, à l'exception des quelques lumières jaunes des lampadaires qui bordaient les trottoirs. Les maisons étaient parfaitement silencieuses, des géants endormis au beau milieu de pelouses parfaitement entretenues. Quiconque n'habitait pas ici penserait sans doute que ce charmant quartier était l'incarnation même d'une vie juste et honnête.

Mais je savais tout de la façon dont les gens se cachaient derrière leurs belles maisons et leurs voitures hors de prix. Tout ça n'était qu'une parfaite illusion. L'argent ne pouvait pas acheter le bonheur ou la tranquillité d'esprit.

Je ne le savais que trop bien.

– Bon, et quel genre de véhicule est-ce que t'as amené ? Un cheval et une carriole ? je pressai le pas pour éviter de me faire distancer.

Il s'arrêta au coin de la rue et pointa du doigt une moto chromée.

– J'ai pris ma bécane.

Ma mâchoire manqua de se décrocher.

– Où t'as eu ça ?

– Je l'ai volée, Khalan sortit ses clés de la poche de son jean noir avant d'enfourcher la bête.

– J'en ai marre de tes sarcasmes. Je sais jamais ce qui est vrai ou pas, soupirai-je en marchant jusqu'à la moto.

Elle était gigantesque et sa peinture noire était rehaussée par de superbes détails argentés. Il y avait même une petite selle derrière celle de Khalan.

– Tu montes ou tu préfères marcher ? grogna-t-il en me lançant un regard en biais par-dessus son épaule.

– J'ai jamais fait de moto, dis-je.

– Ça me surprend pas. J'imagine que Miles est aussi le seul mec avec lequel tu as jamais couché.

Je serrai les poings, vexée.

– Tu ne me connais pas.

– Ah ouais ? Pourtant je sais que t'as la trouille de monter sur cette moto.

Je secouai la tête avant de poser les mains sur ses épaules et de m'asseoir derrière lui.

– Pour info, je monte parce que je l'ai décidé. Tes petites manipulations psychologiques ne marchent pas sur moi.

– J'en ai rien à carrer. Je n'essayais pas de négocier. J'ai faim, et je veux manger.

Il mit le contact et la moto grogna en s'éveillant.

Je passai les bras autour de sa taille et appuyai la tête contre son dos.

– J'ai même pas de casque !

– T'inquiète, t'en auras pas besoin. Un accident ne te tuera pas, ça te fera juste très mal. T'es immortelle, tu te souviens ?

Il enclencha la première et s'enfonça aussitôt dans l'obscurité.

CHAPITRE HUIT

Nous traversâmes la ville à vive allure. Nous ne croisâmes aucune voiture, à l'exception des quelques véhicules garés sur le parking du centre commercial où les étudiants de l'université avaient l'habitude de se rassembler.

Je poussai un soupir de soulagement. Au moins, personne ne saurait que je n'étais pas à la maison, et il y avait donc peu de chance qu'on me reconnaisse à l'arrière d'une moto conduite par un étranger.

Khalan ralentit et tourna au coin de la rue menant à Main Street. Tous les bars et restaurants étaient déjà fermés à cette heure.

Il s'arrêta dans un parking vide à l'arrière d'un petit restaurant et coupa le moteur.

– Qu'est-ce qu'on fait là ? Il n'y a personne.

Je descendis de la moto et regardai la ville déserte d'un air désabusé.

– Oh il y a du monde, crois-moi. Tu ne sais pas où regarder, c'est tout.

Khalan descendit à son tour avec la grâce d'une panthère. Mon cœur manqua un battement en le regardant faire.

Je secouai la tête. Il était indéniable que le style grunge de Khalan lui donnait quelque chose d'attirant. Mais c'était mon Créateur, et il n'avait pas franchement fait preuve de beaucoup de pédagogie quant à mon éducation de vampire. La compassion était un mot qui ne semblait pas exister à son vocabulaire. Contrairement à moi, qui était très empathique.

Il était évident que Khalan et moi ne pourrions en rien nous accorder d'un point de vue romantique.

– On va où ? Tu veux m'emmener dans une sorte de club de vampires qui attire les humains vers une mort certaine ? je regardai autour de moi, puis de nouveau Khalan.

Il se tint là et me fixa dans le plus grand des silence, parfaitement impassible.

– Quoi ?

– Il faut vraiment que tu arrêtes de regarder des films sur les vampires, dit-il enfin en levant les yeux au ciel.

– Je tiens pas ça d'un film, mais d'un roman, le corrigeai-je en haussant les épaules.

– Suis-moi.

Il prit la direction d'un magasin sur Main Street et je le suivis d'un pas hésitant.

Main Street n'avait rien de l'atmosphère d'une petite ville. Si on y trouvait effectivement plusieurs restaurants et cabinets d'avocat, la rue était aussi habitée par un marchand de vins ainsi qu'un salon de tatouage. La Deuxième Église Baptise de Charming y avait elle aussi ses quartiers et avait tenté de convaincre ses membres de signer une pétition pour empêcher l'ouverture de ces commerces de débauche. En vain. Au bout du compte, le salon de tatouage comme le marchand d'alcool avaient réussi à ouvrir. Cela ne m'avait pas semblé surprenant. Je savais combien les Baptistes aimaient boire. Il en allait d'ailleurs de même pour moi.

Nous descendîmes la rue éclairée par les enseignes des commerces. Un homme sortit du salon de tatouage et se mit à marcher dans notre direction. Je baissai la tête pour laisser mes longs cheveux noirs dissimuler mon visage. Je ne pouvais pas risquer d'être vue par quelqu'un que je connaissais.

Khalan s'arrêta devant le salon de tatouage et il ouvrit la porte.

– Ici ? On va… je jetai un coup d'œil autour de nous pour m'assurer que nous étions seuls. On va manger ici ?

– Oui. Entre, me dit-il en me poussant à l'intérieur.

Je fis quelques pas hésitants dans le salon de tatouage et fus surprise de n'y trouver qu'une légère odeur d'encre. Un jeune homme était assis derrière le comptoir, occupé à regarder un magazine de moto. Il ne prit même pas la peine de relever la tête lorsque nous entrâmes.

– On vient de finir avec notre dernier client. On est fermés pour ce soir, dit-il.

– Ah, vraiment ? rétorqua Khalan en allant jusqu'au comptoir. L'homme releva la tête et il écarquilla les yeux en remarquant le vampire penché au-dessus de lui. Tu vas rentrer chez toi sans faire d'histoires. N'oublie pas de verrouiller la porte derrière toi.

Le type obéit aux ordres de Khalan sans rechigner. Il se redressa, le regard vitreux et alla jusqu'à la porte. Il tourna la pancarte qui y était pendue pour afficher *Fermé* et sortit du bâtiment sans un mot, en verrouillant la porte derrière lui.

Khalan traversa le salon sans un regard pour moi et se rendit jusqu'à la porte de derrière.

– Attends, on part ? Mais on vient d'arriver, dis-je.

Mon Créateur commençait à m'agacer. J'avais autre chose à faire que de le suivre à la trace tel un petit chien obéissant.

– On va juste dans l'allée de derrière.

Il n'attendit pas ma réponse pour ouvrir la porte et retourner à l'extérieur. Elle se referma derrière lui dans un bruit sourd.

J'hésitai un instant avant de le suivre dehors. Un homme se tenait dans les ombres, habillé d'un pull à capuche. Il tendit la main à Khalan.

– Est-ce que c'est… ?

– Notre dîner, Khalan me lança un regard par-dessus son épaule alors qu'un lent sourire sinistre se glissait sur ses lèvres.

Il s'arrêta à quelques mètres de l'étranger encapuchonné.

– Maître Khalan, l'homme retira sa capuche et s'inclina devant lui. Il avait la quarantaine et les cheveux poivre-et-sel. Son ventre de buveur de bière semblait étirer la ceinture de son pantalon en cuir noir, et une forte odeur d'eau de Cologne bon marché émanait de lui. Il lécha les perles de transpiration qui ornaient sa lèvre supérieure, et son regard écarquillé se posa sur moi avant de retrouver celui de Khalan. C'est votre rencard ?

– En quelque sorte, ricana Khalan.

– Je suis Blayze. Avec un Y, me dit-il en s'inclinant devant moi.

– C'est pas son vrai nom. Il s'appelle Bill, le corrigea Khalan d'un air dégoûté.

– Mais Maître, quand je suis dans ce rôle je m'appelle Blayze.

Il regarda Khalan, une étincelle de peur mêlée à de l'excitation au fond du regard. Il se redressa en faisant couiner son pantalon visiblement trop petit.

Khalan se contenta de répondre d'un hochement de tête méprisant. Il me désigna ensuite d'un geste de la main.

– C'est mon compagnon de boisson pour ce soir. Appelle-la C.R.

Je le fusillai du regard. Khalan avait pris la sale habitude de me surnommer Charogne depuis qu'il m'avait transformée en vampire. Et ce connard venait de réduire mon adorable sobriquet à des initiales. Il savait que je détestais qu'il m'appelle comme ça, et il le faisait donc aussi souvent que possible.

– Appelez-moi Rachel, dis-je en serrant la main de l'homme.

– Wow, elle est splendide, Maître Khalan. Vous venez seul, d'habitude, intervint Bill en regardant Khalan.

Je haussai en sourcil, surprise d'apprendre que Khalan avait une vie sociale.

– Bon, on y va ?

Khalan tenta de changer de sujet, et j'étouffai un sourire.

– Oui, maître.

Bill descendit l'allée loin de l'éclairage criard des lumières de sécurité. Je levai la tête et remarquai qu'aucune caméra ne surveillait les environs.

– On va où ? Et pourquoi Bill, ou Blayze avec un Y, t'appelle Maître ? Ça se voit qu'il est humain. Est-ce qu'il sait ce que tu es ? murmurai-je à Khalan.

– Bon sang ce que tu poses des questions, grogna-t-il pour toute réponse.

– Et je vais continuer à en poser tant que tu ne me diras pas ce qui se passe, dis-je en grinçant des dents.

– Bill m'appelle Maître parce que lui et ses amis font partie d'un groupe underground qui adore les jeux de rôle. Ce sont des humains stupides qui s'offrent à moi, et de mon côté, je suis le vampire maléfique qui boit leur sang.

– Tu te fous de ma gueule ?

Je m'arrêtai, incapable de faire un pas de plus tant j'étais choquée.

Khalan m'imita pour me fusiller du regard.

– Bill sait que t'es un vampire ? T'imagine les conséquences que ça pourrait avoir ? C'est une petite ville ici, bon sang. Les gens vont finir par l'apprendre et après ils découvriront ce que *je* suis, je tournai les talons pour m'éloigner.

– Je te l'ai dit, c'est un jeu de rôle. Ils pensent que je fais semblant comme eux, il se pencha et se mit à murmurer. Je les hypnotise une fois que j'ai bu leur sang. Comme ça, ils ne se souviennent pas de ce que j'ai fait.

Bill s'arrêta au bout de l'allée et il tira une clé de sa poche avant de se retourner vers nous.

– Tout va bien, Maître ?

Je ricanai.

– Je parie que t'adore ça.

– Qu'il m'appelle Maître ? il haussa les épaules. Je préfére-rais que ce soit toi qui le fasse.

J'éclatai de rire.

– Même pas en rêve, mon gars.

Khalan me fusilla du regard puis il tourna les talons pour rejoindre Bill. Je lui emboîtai le pas.

CHAPITRE NEUF

Nous entrâmes dans le bâtiment. Je fus choquée d'y voir autant de personnes déguisées s'y balader en discutant gaiement. L'intérieur était éclairé par une lumière rouge tamisée, et des nuages de fumée crachés par une machine recouvraient le sol, dans une vaine tentative de donner un air dangereux à l'endroit. Des bougies de toutes tailles étaient alignées le long des murs et menaient jusqu'au bar de l'autre côté de la pièce. Les enceintes pendues dans chaque coin criaient de la musique classique.

Je plaquai une main sur ma bouche et toussais.

– Je ne m'attendais pas à voir autant de gens. Et pourquoi est-ce qu'ils sont tous habillés comme s'ils sortaient d'une convention sur la Renaissance ?

La fumée qui flottait dans l'air me donnait les larmes aux yeux.

– Je te l'ai dit, ils participent à un jeu de rôle. Et puis, ils ne sont pas tous habillés en cape et kilt, dit-il en acquiesçant en direction du bar.

Une jeune femme blonde y était appuyée, affublée d'une

tenue d'écolière avec des couettes. Elle sirotait un martini, le regard braqué par terre.

– Pourquoi est-ce que ça ne me surprend pas ?

Je réprimai un frisson de dégoût et inspectai la pièce la recherche de Bill – ou Blayze.

Il était allé au bar où il discutait avec un serveur.

– Bon, et on fait quoi ? On a qu'à regarder la foule pour choisir notre dîner ? Comme quand on choisit un homard dans un restaurant de fruits de mer ?

– On attend. C'est eux qui viendront à nous.

Khalan croisa les bras sur son torse puissant en dévisageant Blayze. Ce dernier écarquilla les yeux avant de se précipiter vers l'écolière.

– Je le savais. Je savais que tu allais commander le *Fantasme Vivant des Hommes*, je secouai la tête.

Blayze nous rejoignit avant que Khalan ne puisse répondre.

– Maître Khalan. La femme au bar, Lucy, est très intéressée par vous et votre compagne. Elle dit qu'elle n'a jamais fait de plan à trois auparavant.

– Attend on se calme, je levai une main devant moi en reculant. Je sais pas quelles sont les habitudes de cette Lucy, mais laisse-moi te dire un truc, Blayze avec un Y, c'est pas mon genre les plans à trois, je lui lançai un regard noir.

– Je ne voulais pas vous offenser.

Il écarquilla les yeux et essuya la sueur qui trempait son front. Le simple fait de le regarder me donnait envie de prendre une douche froide.

– Je veux pas de l'écolière. C'est pas mon type, Khalan balaya la pièce du regard avant de s'arrêter sur un homme dans un coin, qui portait une cape verte et buvait une bière. Pourquoi pas lui ?

Blayze suivit le regard de Khalan.

– John ? il fronça les sourcils. Mais il est si… normal.

– J'aime bien ça, moi, les mecs normaux, j'acquiesçai.

– Mais, Maître Khalan, Lucy est prête à payer plus cher pour… cette expérience.

Une goutte de sueur dévala le long du visage de Blayze, et je sentis une odeur de transpiration émaner de lui. Son pantalon en cuir serait sans doute terriblement inconfortable d'ici la fin de la soirée.

– J'ai dit qu'on prenait John, grogna Khalan.

Blayze recula d'un pas, l'air terrifié. Il acquiesça bientôt et courut au bar, son pantalon en cuir couinant à chaque pas.

Khalan se tourna vers un couple en train de s'embrasser dans un coin. Je restai concentrée sur Blayze, qui discutait avec l'écolière nous ayant fait la proposition indécente. Je ne pouvais voir son visage de là où je me tenais, mais à en juger par la violence avec laquelle elle reposa son verre sur le bar, il était clair qu'elle était vexée par notre refus.

– Tu fais payer ces gens pour boire leur sang ? je haussai un sourcil en direction de Khalan.

– Je ne leur fais pas payer quoi que ce soit. C'est Bill, qui prend l'argent. Moi je me contente de boire leur sang, Khalan haussa les épaules.

– Et ça te dérange pas qu'il se fasse de l'argent sur ton dos ?

Je me massai les tempes. Je commençais à avoir mal à la tête, et je savais que le mal au crane ne me quitterait pas pendant des jours si je ne me nourrissais pas rapidement.

– Je me fous de ce que Bill fait avec l'argent, tant que j'ai du sang. Et puis, si je le voulais vraiment, je pourrais l'hypnotiser pour qu'il me donne tous ses profits.

– Et pourtant tu ne le fais pas.

Je croisai les bras en l'observant. Il était une véritable énigme pour moi.

Un monstre avec un cœur.

– Maître Khalan et C.R, Blayze se tenait devant nous, accompagné de John. John serait plus que ravi de vous servir.

Blayze s'inclina avant de s'éloigner.

– Parfait, soupira Khalan. Allons au Lounge.

CHAPITRE DIX

*J*e suivis Khalan dans une pièce adjacente au bar, décorée par une grande table en son centre autour de laquelle étaient installés des canapés.

– Je suis ravi de servir mon Maître et sa compagne ce soir, dit John d'un air solennel.

Khalan éclata de rire, arrachant une grimace à John.

Je me tournai vers l'humain que je fusillai du regard.

– Je suis pas sa compagne.

– Assieds-toi.

Khalan me poussa, et je fus tentée de le remettre à sa place mais je me ravisai en remarquant son air sombre. Je mourrais de faim, moi aussi. Je soupirai en me laissant tomber sur un canapé rouge. John s'installa à mes côtés en se débattant avec sa cape qui s'était coincée sur l'un des coins de la table basse devant nous. Il écarquilla les yeux alors que la corde se refermait autour de son cou.

– Attends, laisse-moi t'aider, je me hâtai de libérer. Khalan se contenta de rester debout à nous regarder, l'air blasé.

– Merci, John rougit de honte.

Je me sentis désolée pour ce pauvre type, qui fuyait sans doute une vie pathétique par le biais de ce jeu de rôle ridicule.

Khalan prit place à côté de lui et il le fixa. John écarquilla les yeux, visiblement terrifié alors qu'il soutenait le regard de Khalan.

— Buvez mon sang afin d'étancher votre soif, John baissa la capuche de sa cape dans un geste dramatique.

— Tu vas nous donner ton sang de ton plein gré et tu ne te souviendras plus de rien une fois qu'on sera partis. Tu ne te souviendras ni de nos visages, ni de nos noms. C'est compris ?

— Oui, Maître. Je comprends.

— Tu le forces vraiment à t'appeler Maître ? je croisai les bras sur ma poitrine, rebutée par la situation dans laquelle je me trouvais. Je secouai la tête. Et c'est quoi le délire avec tout cet encens ? Ça me donne un de ces mal de tête.

— Je ne le force pas à m'appeler Maître. C'est son idée. Et l'encens, c'est pour repousser les loups-garous, Khalan me lança un regard que je ne parvins à décrypter avant de se tourner vers John.

— Comme Jack, tu veux dire ?

— Tu ne devrais pas t'approcher de Jack. C'est pas un type bien.

— Et pourtant tu n'as eu aucun problème à confier les bébés coyotes à sa Meute. Il doit pas être aussi terrible que ça si tu as accepté de les lui laisser.

— C'est pas sa Meute. Jack n'a pas de Meute. Il est juste de passage dans le Mississippi. Mais ça n'a pas d'importance, puisque nos races ne se mélangent pas de toute façon, Khalan me jeta un regard d'avertissement.

— Ce que c'est ringard, cette mentalité, rétorquai-je d'un air renfrogné.

– Donne ton cou, toi, grogna Khalan à l'intention de John, qui en avait clairement fini avec cette discussion.

John lui obéi en posant la tête contre le dossier du canapé.

Khalan me regarda.

– Tu te souviens comment faire, j'imagine ?

Son regard s'assombrit et je me sentis rougir sous son attention. Je descellai quelque chose de primitif, de sexuel au fond de ses yeux illuminés par la flamme vacillante de la bougie qui brûlait sur la table.

– Oui, répondis-je d'une voix rauque. Je déglutis dans un vain espoir de reprendre le contrôle sur mes émotions.

Étais-je perturbée par ma soif de sang ? L'environnement, peut-être ? Ou par la compagnie de Khalan ?

Je trouvais toutes ces possibilités aussi terrifiantes les unes que les autres.

Khalan acquiesça pour me faire signe de commencer. Je posai les lèvres sur la gorge de John et mordillai la veine que je sentis pulser sous sa peau.

Le goût délectable du sang emplit bientôt ma bouche, et je gémis en me rassasiant du liquide cuivré. Je suçai avidement, savourant la moindre goutte qui glissait dans ma gorge. Khalan grogna, et j'ouvris les yeux.

Il n'était pas en train de boire. Il me fixait avec des yeux si noirs que je fus soudain tentée d'enjamber John pour aller m'asseoir à califourchon sur les genoux de mon Créateur.

Enfin, Khalan pencha la tête pour mordre le cou de John.

Nous étions si proches que je pus sentir les cheveux de Khalan effleurer ma joue. Les battements de mon cœur s'affolèrent. Il tendit la main pour la poser sur mon cou. Ce geste intime fit naître des pensées si indécentes dans mon esprit que j'en fus effrayée. Je n'arrivais plus à contrôler mon corps, cela même si j'étais parfaitement consciente du fait qu'il n'était que l'un de ces innombrables hommes qui cherchaient à contrôler ma vie.

– Arrête, me murmura-t-il à l'oreille, son souffle chaud me battant la tempe.

Je lâchai John et fixai Khalan, les paupières lourdes. Son regard se posa soudain sur mes lèvres et il grogna.

– Quoi ? J'ai du sang sur la bouche ? je levai la main pour m'essuyer, mais il l'attrapa pour m'en empêcher.

Tout s'enchaîna alors très vite.

Il captura mes lèvres dans un baiser passionné, presque désespéré. Je me sentis traversée par une vague de désir alors que mes doigts se perdaient dans ses cheveux pour m'assurer que sa bouche ne quitte pas la mienne.

Il attrapa mes hanches et me souleva par-dessus John pour m'asseoir sur ses genoux.

L'une de ses mains vint se perdre sur mes fesses tandis que l'autre trouvait ma nuque, et je me frottai contre son érection.

CHAPITRE ONZE

Je me fichais à cet instant que la pièce entière puisse nous voir. La seule chose qui m'intéressait était de satisfaire mon désir.

– Combien ? Pour la fille ?

Khalan mit un terme à notre baiser et je grognai de déception. Je ne voulais pas qu'il arrête.

– T'as dit quoi ? grogna Khalan à l'intention du type qui nous avait interrompus.

– Combien pour la fille ? répéta-t-il en me déshabillant du regard. Je grimaçai.

– T'es pas vraiment mon type. Je sors pas avec les mecs qui portent des jupes, ricanai-je en pointant du doigt le kilt dont il était affublé.

– Je veux pas sortir avec toi, je veux te baiser, rétorqua Mr. Kilt.

Khalan rugit tel une bête sauvage. Il m'arracha à lui et se leva d'un bond pour attraper l'intrus par le col de sa tunique avant de le lever en l'air.

– Elle m'appartient. Et je te jure que je t'égorgerai si tu oses l'approcher.

– Maître Khalan, Blayze nous rejoignit en courant. Il est nouveau. Il ne connaît pas les règles. Je vous promets que ça ne se reproduira plus.

– J'espère bien, Khalan lança un regard d'avertissement à Blayze avant de lâcher Mr. Kilt, qui s'écrasa par terre dans un bruit sourd.

Khalan attrapa ma main et me traîna hors du bâtiment. Une fois à l'extérieur, je m'arrêtai pour reprendre mon souffle.

– Ça arrive souvent, ça ? demandai-je, troublée.

– Non. C'est la première fois qu'un humain ose me manquer de respect de la sorte, Khalan serra les poings, le regard braqué sur le ciel de minuit.

– Je me fiche de ça. Je voulais savoir si ça t'arrivait souvent d'amener une fille ici et de te donner en spectacle devant tout le monde comme ça, après avoir bu le sang d'un humain ? je déglutis et me forçai à le regarder.

Il me fixa un instant en silence.

– C'est la soif de sang.

Cela ne répondait en rien à ma question. Je voulais une réponse claire. Ce qu'il s'acharnait à éviter, comme à chaque fois.

CHAPITRE DOUZE

Je restai plantée là, à attendre une réponse qu'il ne me donnerait pas, lorsque quelque chose attira mon attention. J'essuyai le goût de Khalan qui mouillait encore mes lèvres et regardai à ma gauche, où il me semblait avoir vu du mouvement.

Nikki.

Une flamme de colère se raviva dans ma poitrine, et je grognai.

— Mais qu'est-ce qu'elle fout dehors à cette heure-ci, celle-là ? j'allai jusqu'au grillage et je m'agrippai au métal en la suivant du regard.

Nikki traversa le parking en direction du bâtiment dans lequel l'Oncle Sam avait installé les bureaux de son agence de détectives privés. Aucun autre commerce n'était ouvert à une heure aussi avancée de la nuit.

Je clignai des yeux.

— Qu'est-ce que tu fais ? me demanda Khalan qui se tenait dans mon dos.

Son souffle vint caresser mes cheveux, me faisant frissonner d'envie. Je tentai d'ignorer l'excitation que sa simple présence éveillait en moi. Je trouvais terrifiant la façon dont mon corps réagissait à sa proximité.

Je déglutis bruyamment.

– J'observe mon ex meilleure amie. Pourquoi est-ce qu'elle va voir l'Oncle Stan ?

– C'est qui ça, l'Oncle Stan ? demanda Khalan.

– Mon nouvel employeur, je haussai les épaules.

– Ah, c'est vrai. Donc c'était sérieux, cette histoire de trouver un travail pour subvenir aux besoins de tes filles au lieu de laisser ton mari s'en occuper, même s'il l'a bien mérité ? il rit. C'est drôle, j'aurais pensé que tu le laisserais plus te manipuler après tout ce qui s'est passé.

– Je ne le laisse pas me manipuler, je plissai les yeux.

– Il a sûrement dû t'attendrir en te racontant comment il avait dû vendre sa jolie voiture et s'installer au-dessus du garage de madame Grishom.

Je me tournai pour regarder Khalan.

– Pourquoi tu m'en parles si tu sais déjà tout ce qu'il y a à savoir ? je lui tournai le dos à nouveau. Et puis, j'ai pas pris ce travail pour lui. Je travaille pour mes filles. Elles ne veulent même plus le voir tellement il est déprimé et déprimant. Sans parler du fait que je veux pas me laisser entretenir éternellement. Je dois devenir plus indépendante, je haussai les épaules.

Je vis la lumière s'allumer dans le bureau de Stan.

– Viens.

Je sautai par-dessus le grillage sans le moindre mal. Je me sentais invincible avec le sang frais que je venais de boire. J'étais même prête à affronter mon ex meilleure amie qui m'avait trahie.

Je ne pris pas la peine de vérifier que Khalan me suivait. J'espérais juste qu'il m'attendrait pour pouvoir me ramener chez moi. Je n'avais pas franchement envie de devoir rentrer à pieds.

Je m'arrêtai à la porte par laquelle Nikki était passée et tournai la poignée. Elle était encore déverrouillée. Je me glissai à l'intérieur et pris les escaliers pour éviter l'ascenseur.

Je gravis les marches à toute allure, le bois grinçant sous chacun de mes pas. Une fois arrivée au dernier étage, je jetai un bref coup d'œil dans le couloir pour m'assurer qu'il était vide avant d'y entrer.

Une lumière tamisée était allumée dans le bureau de l'Oncle Stan, et j'y entendis des voix discuter, leurs mots étouffés par la porte fermée.

J'approchai, le souffle coupé.

– Je voudrais vous engager pour retrouver mon mari, dit Nikki. Sa voix me semblait… étrange.

– Si je ne me trompe pas, Brad a laissé une lettre de suicide et est parti avec son pick-up, c'est ça ? demanda l'Oncle Stan.

– Oui.

– Madame Stollings, je ne vais pas y aller par quatre chemins, soupira Stan.

– Je vous en prie.

– Est-ce que vous avez des raisons de croire qu'il n'est pas mort ? Qu'il ne s'est pas enfui pour commencer une nouvelle vie, ailleurs ? Après tout, la ville entière sait que vous avez une liaison avec le mari de Rachel Jones, Miles. Certains hommes ne peuvent supporter ce genre d'humiliation et préfèrent recommencer à zéro ailleurs, là où personne ne connaît leur nom ou leur histoire.

Je souris. J'appréciais l'Oncle Stan davantage à chaque minute qui passait.

– Brad ne me ferait jamais ça, répondit Nikki dans un murmure. Il était au courant depuis longtemps pour ma liaison. Mais il n'a vraiment réalisé que notre mariage était terminé que lorsque Rachel a demandé le divorce. Ça l'a dévasté.

– Je vois. Et vous voulez que je retrouve son corps parce que… ?

– La compagnie d'assurance refuse de me verser quoi que ce soit tant qu'ils n'ont pas une preuve tangible de sa mort.

– Salope, murmurai-je pour moi-même.

On plaqua une main contre ma bouche et je sursautai, terrifiée avant de réaliser qu'il s'agissait de Khalan.

– Et vous voulez l'argent de l'assurance, donc ? demanda l'Oncle Stan.

– J'ai du mal à payer le crédit de la maison sans Brad. Je n'aurais jamais pensé que les choses finiraient comme ça, sa voix se brisa sur un sanglot.

– Ne pleurez pas, madame Stollings, la réconforta l'Oncle Stan. Je comprends votre situation. Mais il faut que je sache comment vous prévoyez de payer mes honoraires si j'accepte ce travail. Comme vous l'avez dit vous-même, vous ne roulez pas sur l'or en ce moment.

– J'ai un peu d'argent sur un compte épargne dont Brad ignorait l'existence. J'y mettais un peu d'argent tous les mois quand je recevais ma paye. Et je pourrai vous donner plus une fois que je toucherai l'argent de l'assurance. Alors… vous voulez bien prendre l'affaire ?

– C'est d'accord, je l'entendis ouvrir un tiroir. Il me faut juste quelques informations sur votre mari et votre numéro de téléphone pour que je puisse vous tenir au courant de mes avancées.

J'en avais assez entendu. Je pris la main de Khalan et l'attirai vers la cage d'escalier. Une fois arrivés en bas du bâtiment, nous nous hâtâmes de retourner à sa moto.

– Qu'est-ce qu'on va faire ? je regardai Khalan alors qu'il enfourchait sa moto.

– Rentrer chez nous, il haussa les épaules.

Je soupirai d'agacement.

– C'est pas une blague, Khalan. Ils vont lancer une enquête pour retrouver le corps de Brad.

– Et ils ne le trouveront que s'ils sont assez intelligents pour aller sonder le fond du Mississippi.

Il mit le contact et je grimpai derrière lui.

Un sentiment d'inquiétude désagréable me traversa, nouant mon estomac.

– J'aime pas ça. Et s'ils le retrouvent ? je m'agrippai à la taille de Khalan.

– Je doute qu'ils y arrivent, mais si c'était le cas, ils penseront juste qu'il s'est fait dévorer par les poissons.

Il enclencha la première et prit la direction de chez moi.

CHAPITRE TREIZE

« *Je suis la Tentatrice de Memphis.*

La seule et l'unique.

Ton âme sœur, celle que tu aimeras à tout jamais. »

Je jetai un coup d'œil à mes filles dans mon rétroviseur. Toutes deux chantaient à tue-tête le dernier tube de Memphis, la nouvelle reine de la pop des hit-parades musicaux. Elle avait la vingtaine et ressemblait étrangement à Britney Spears. Sa dernière chanson, *Tentatrice de Memphis*, était rapidement passée numéro un de tous les classements musicaux.

Elle prétendait avoir un lien de parenté avec le regretté Elvis, et portait toujours un ensemble rose à paillettes moulant qui mettait en valeur la moindre des courbes de son corps.

Je baissai la radio.

– Remonte le son, maman ! protesta Arianna.

Je soupirai en obéissant.

– Je croyais que t'aimais bien Memphis, dit Gabby depuis la banquette arrière.

– C'est vrai, mais j'ai du mal avec cette chanson. Je sais pas pourquoi, elle m'énerve.

Je mis mon clignotant pour entrer dans notre quartier. La chanson se termina alors que je me garai dans notre allée.

Les filles sortirent de la Volvo avant même que je ne puisse retirer ma ceinture.

– Ne mangez pas de cochonneries avant le dîner, leur criai-je. Je fais des lasagnes ce soir.

Elles marmonnèrent toutes deux quelque chose que je ne parvins pas à entendre avant de disparaître dans la maison.

Je fermai la porte du garage et allai dans la cuisine.

Une glacière que je ne connaissais que trop bien était posée sur l'un des plans de travail. Je plissai les yeux.

Khalan.

J'appréciais qu'il soit passé me déposer du sang avant de quitter la ville, mais je ne pouvais nier que l'idée qu'il soit entré chez moi alors que je n'y étais pas me dérangeait. C'était intrusif. Sans parler du fait que la glacière avait été laissée en évidence. Et si Arianna ou Gabby l'avait ouverte ? Comment pourrais-je leur expliquer la présence d'une glacière pleine de sang dans notre cuisine ?

Je soupirai. S'il m'avait laissé de quoi manger, cela voulait dire qu'il était parti en voyage, qu'importait la raison de ce dernier.

Était-il allé à la plage ? Ou préférait-il un endroit plus sombre, comme l'Islande ?

Je posai mon sac à main sur l'îlot de la cuisine avant de sortir des steaks hachés du congélateur. Je rassemblai le reste des ingrédients dont j'allais avoir besoin pour préparer le dîner lorsque mon téléphone se mit à sonner.

J'y répondis sans prendre la peine de vérifier qui m'appelait.

– Allô ? Rachel, c'est Nikki, ne raccroche pas.

Mon cœur manqua de s'arrêter et je me sentis submergée par un sentiment étrange qui me coupa le souffle un instant.

– Rachel ? T'es là ? me demanda Nikki d'une voix douce.

Mais je n'étais pas dupe. C'était une vipère, qui avait caché sa véritable personnalité pendant des années. Elle, à qui j'avais confié mon cœur en la faisant entrer dans ma famille. Elle, qui m'avait trahie.

– Je suis là, mon ton était étrangement calme.

– Je sais que c'est un peu bizarre, mais il faut que je te parle de quelque chose. C'est au sujet de Brad.

Je sentis mes joues rougir de colère. Pas de « *désolée d'avoir couché avec ton mari* » ou de « *désolée de t'avoir trahie et d'avoir ruiné ta vie* ». Encore une fois et comme à son habitude, Nikki rapportait tout à elle.

– Pourquoi est-ce que ton mari t'intéresse autant tout à coup, Nikki ? je m'agrippai à mon téléphone. Il me semble pourtant que tu ne serais pas dans une situation aussi compliquée si tu ne t'étais pas plus intéressée au père de mes enfants qu'à lui.

– Rachel, je sais que tu es en colère, et tu en as le droit. Mais j'aimerais retrouver Brad.

– Tu es vraiment la salope la plus égoïste qu'il m'ait été donné de rencontrer, Nikki. Tout le monde sait que Brad a quitté la ville en laissant une lettre de suicide derrière lui. Alors dis-moi, tu n'as pas une petite idée d'où il pourrait être ?

– Est-ce qu'il t'a parlé ? Est-ce qu'il t'a dit quoi que ce soit ? demanda-t-elle d'un ton craintif.

Je ne pus réprimer un soupir mal à l'aise. Pourquoi me posait-elle ces questions ? Quelqu'un m'avait-il vue monter dans le pick-up de Brad le dernier soir où il avait été vu en vie ?

– La seule chose dont Brad me parlait toujours, c'était toi.

Il n'arrêtait pas de dire qu'il était malade que tu le trompes de la sorte.

Nikki me répondit d'un silence. J'espérais avoir su la blesser avec mes mots, au moins autant qu'elle m'avait blessée avec ses actions, même si j'en doutais.

– Et il n'a rien dit d'autre ? Il n'a pas dit qu'il avait prévu de quitter la ville, ou quelque chose comme ça ?

Je me pinçai les lèvres.

– Je t'ai assez entendue. Ne m'appelle plus jamais, compris ?

Je n'attendis pas sa réponse pour lui raccrocher au nez. Je reposai mon téléphone brusquement, les mains tremblantes. Était-ce de la colère ? Ou de la peine ?

Il fallait que je parle de tout ça à Khalan. Mais il était absent, comme à chaque fois qu'on avait besoin de lui.

Je secouai la tête et inspirai profondément pour reprendre mon calme.

Je ne pouvais pas me laisser submerger par mes émotions.

J'avais un nouveau travail auquel je devais me consacrer, et des lasagnes à préparer.

* * *

– C'est super bon, maman, Gabby me sourit entre deux bouchées de pâtes.

– Merci, mais évite de parler la bouche pleine, je lui lançai un regard sévère.

– Tu l'imagines à un bal des Débutantes ? ricana Arianna.

– Je veux pas aller à un bal des Débutantes, ronchonna Gabby. Je préférerais qu'on m'inscrive à un cours de combat à l'épée.

– Désolée, je doute qu'il y en ait au Mississippi, soupirai-je. Il n'y a que des bals des Débutantes, ici.

– Pff, grogna Gabby en fourrant une bouchée de salade dans sa bouche.

Arianna fixait ses pâtes en les poussant du bout de sa fourchette.

– Ça va pas, mon cœur ? Tu n'aimes pas ?

– Non, c'est très bon, répondit-elle sans relever la tête.

– Elle est juste énervée parce que ses copines sont toutes parties en vacances cet été, et qu'on n'a pas pu à cause du divorce, intervint Gabby.

Arianna lui lança un regard d'avertissement. Je devinai que Gabby avait touché un point sensible.

– Je sais que vous avez l'habitude de partir en vacances tous les ans, je m'éclaircis la gorge. Mais les choses sont en train de changer, et il va falloir s'y habituer.

– C'est pas grave. Je sais qu'on n'a pas l'argent pour ce genre de choses, Arianna haussa les épaules.

Mon cœur se brisa pour ma fille. La vérité était que nous *avions* l'argent pour partir en vacances. Le problème était ma nouvelle nature de vampire. La simple idée de passer une semaine en bord de mer me donnait la nausée. Mais je savais qu'il allait falloir que je fasse des efforts pour éviter que cela n'ait un impact négatif sur ma vie de famille.

– Comme on n'est pas parties en vacances cet été, on pourrait peut-être faire autre chose. Quelque chose de spécial, je regardai mes filles tour à tour.

Arianna releva brusquement la tête, le regard plein d'espoir.

– Sérieux ?

– Bien sûr, je souris. On devrait faire des recherches sur Internet pour trouver des idées.

– J'ai bien une idée, Arianna échangea un regard avec Gabby, qui reposa immédiatement sa fourchette. Et on aimerait y aller toutes les deux.

– Oui maman, s'il te plaît dit oui, Gabby sautilla sur son siège.

Je souris, attendrie par son enthousiasme. Qu'importe ce qu'elles avaient en tête, j'étais bien déterminée à leur faire plaisir.

– C'est quoi ?

– Il y a un concert à Memphis, dit Arianna d'une voix enjouée. C'est un samedi soir.

– Et qui est l'artiste ? Je sais pas si j'arriverai à avoir des billets, je bus une gorgée de vin.

– Memphis.

– Tu m'as déjà dit que c'était à Memphis, mais qui est l'artiste ?

– C'est elle, l'artiste. Memphis.

– Cette chanteuse pop qui prétend être de la famille d'Elvis ? je penchai la tête.

– Oui ! le visage d'Arianna s'illumina tel un sapin de Noël. Je ne l'avais plus vue aussi heureuse depuis longtemps. Il me parut alors clair que je devais accéder à sa requête.

– Je vais voir combien coûtent les billets, et je vous redis ça.

J'espérais secrètement que le concert devait avoir lieu de nuit et qu'il ne durerait pas toute une journée. Plus impor-tant encore, j'espérais que j'arriverai à avoir des billets. Memphis était très populaire, et je savais que les places allaient sans doute partir vite.

– Tu promets ? le regard accusateur d'Arianna se posa sur moi. Tu dis pas ça juste pour nous faire plaisir avant de nous dire que tous les billets ont été vendus ? Je sais que t'aimes pas trop cette chanteuse.

– Je n'ai jamais dit que je ne l'aimais pas. C'est sa dernière chanson qui ne me plaît pas, je haussai les épaules. Le reste de ses chansons sont pas mal.

– Je comprendrais si tu nous prenais pas de billets, le ton

d'Arianna s'adoucit et elle détourna le regard. Je sais que les choses sont différentes maintenant.

Ma gorge se serra. Je détestais voir ma fille ainsi. Il fallait que je trouve des billets, je n'avais plus le choix à présent.

– Je m'occupe de tout, ne t'inquiète pas, je relevai la tête et croisai le regard d'Arianna. Ses yeux brillaient d'un espoir secret.

– Sérieux ?

J'acquiesçai.

– C'est promis. Il faut juste que je regarde s'il reste des billets.

Un sourire prudent se glissa sur ses lèvres innocentes. Elle acquiesça avant de se remettre à manger.

J'irais chercher mon ordinateur dès le dîner terminé. Il fallait que je trouve ces fichus billets, et vite.

CHAPITRE QUATORZE

Une fois les filles dans leur chambre, je m'installai à mon ordinateur pour trouver l'annonce du concert de Memphis à Memphis. J'avais du mal à croire les sommes exorbitantes demandées pour un spectacle en plein air : plus de trois cents dollars le billet, *et* il fallait amener ses propres sièges.

Je pris ma carte de crédit et en réservai trois sans hésiter. J'étais soulagée que le début du concert soit prévu à vingt-et-une heure. Je serais ainsi en pleine forme et pourrais tenir jusqu'à la fin sans m'endormir.

Mon téléphone sonna alors que je finalisais mon achat.

– Allô ?

– Rachel ? C'est Stan.

– Salut, Stan, je me redressai. Qu'est-ce qu'il y a ?

– Il y a eu des développements dans l'affaire de notre cliente.

– Celle qui veut piéger son mari en l'obligeant à la tromper ?

Je tentai de dissimuler le jugement dans ma voix, en vain.

– C'est ça. Il semblerait que son mari ait prévu de se rendre à Memphis le week-end prochain. Nous allons donc organiser la combine là-bas, plutôt qu'à Charming. C'est même encore mieux, il sera sans doute moins méfiant loin de chez lui, ajouta Stan.

— Le week-end prochain ? je vérifiai la date du concert de Memphis à Memphis et ravalai un soupir frustré.

— Oui. Vous avez déjà des projets ? Si c'est le cas, je peux engager l'autre photographe qui voulait le poste. Il m'appelle tous les jours pour me demander si j'ai du travail pour lui.

Merde. J'avais besoin de ce travail. J'étais même plutôt douée dans ce domaine. Mais je devais aussi emmener les filles au concert. Je me retrouvais prise au piège par un véritable coup du sort.

— Je dois y être à quelle heure ? demandai-je.

— Le mari doit arriver à l'hôtel vers six heures. C'est un client régulier des bars, selon sa femme, donc il devrait sortir prendre un verre vers sept heures. C'est là que notre fille attaquera.

J'acquiesçai. Il me serait tout à fait possible de prendre des photos et d'emmener mes filles au concert ensuite.

— Ça ne devrait pas poser de problème. J'aimerais arriver à l'hôtel quelques heures en avance pour m'installer et rencontrer la fille-appât, histoire d'être sûre de ne pas me tromper de cible.

— Ah ah. Fille-appât, j'aime bien le terme. Je vais vous le piquer, rit l'Oncle Stan. Il doit séjourner au Peabody. Passez à l'agence et je vous donnerai une enveloppe avec une photo et les informations que j'ai à son sujet. Je vous réserverai une chambre à l'hôtel et vous enverrai un numéro de confirmation.

— Vous allez me mettre dans quel genre de chambre ? je fus tentée de lui avouer que je devais emmener mes filles à un concert ce même jour, mais je me ravisai. Je ne voulais pas qu'il sache que je devais jongler entre ma vie privée et mes horaires de travail. J'avais besoin de ce job.

– Je vous réserve la suite présidentielle du Peabody. La chambre sera débitée sur mon compte, et vous pourrez commander à manger au service de chambre. Je paie toujours les frais de déplacement et les repas de mes employés.

– Merci, je me souvenais encore combien la suite présidentielle de ce célèbre hôtel était grande. Miles m'y avait emmenée pour célébrer notre anniversaire de mariage, quelques années plus tôt. Mes filles et moi y serions très bien. Nous pourrions même inviter quelques personnes à nous rejoindre sans être à l'étroit pour autant.

– Il me faut de bonnes photos du mari, Rachel. Ma cliente paye le prix fort pour nos services, ce qui veut dire que vous serez aussi très bien payée, dit l'Oncle Stan d'un ton sévère.

– C'est juste que ne comprends pas pourquoi elle se donne autant de mal. Je sais qu'elle ne veut pas se faire exclure de son église, mais…

– C'est plus compliqué que ça. Elle veut se débarrasser de son mari parce qu'il la bat. L'église ferme les yeux sur son comportement. Mais si elle a des photos pour prouver son infidélité, ils seront *obligés* de réagir. Ils le mettront dehors et lui accorderont le divorce, tout en l'autorisant à rester dans la communauté.

Mon estomac se serra.

– Je n'aurais pas franchement envie de m'associer à ce genre de personnes, si j'étais elle. Je me contenterais de demander le divorce à ce connard et j'enverrais la congrégation se faire voir.

– Mais vous n'êtes pas comme elle, Rachel. Vous êtes forte. Et rares sont les femmes qui, comme vous, défendent leurs valeurs et se fichent des conséquences. C'est pour ça que je fais ce métier.

Ses mots raisonnèrent en moi.

– Je ne suis pas si forte que ça.

Au contraire, je me sentais souvent aussi vulnérable qu'un chaton apeuré.

– Je vous assure que si. Dans quelques années, quand vos filles seront grandes, elles vous diront quelle influence vous avez eu sur leur vie. Et elles vous remercieront de vous être opposée à leur père, même si ça les blessera toujours un peu, au fond.

Un lourd silence se suspendit entre nous.

– En attendant, j'ai besoin que vous preniez ces photos pour moi. Et assurez-vous qu'elles soient réussies. Je vous donnerai un bonus si votre travail me convient.

– Un bonus ?

– Oui, cinq mille dollars en plus de ce que vous allez déjà gagner.

Ma mâchoire manqua de se décrocher. Je tentai de répondre mais Stan me coupa la parole.

– A demain, et il raccrocha.

Je me laissai retomber dans mon canapé, le regard braqué sur le plafond. Même si j'arrivais à conclure mon affaire avant le concert, je serais forcée de laisser les filles seules dans la chambre pendant au moins une heure ou deux pour aller prendre mes photos, et je détestais cette idée.

Je me demandai si une autre maman de la communauté avait prévu d'aller au concert. Il était trop tard pour appeler quiconque ce soir, et je me résolus donc à passer mes coups de fil dans la matinée. Peut-être pourrais-je convaincre quelqu'un de se joindre à moi pour surveiller les filles pendant quelques heures le temps que j'aille prendre mes photos.

Je songeai même à demander à Khalan s'il était disponible pour garder un œil sur la chambre. Mais cela aurait été impossible, je le savais. Il avait quitté la ville, et j'ignorais comment le contacter.

C'était sans doute pour le mieux, puisqu'il ne se serait

sans doute pas privé de critiquer mon travail. Il me donnait toujours l'impression d'être un fardeau.

Je posai mon ordinateur pour aller voir les filles dans leur chambre.

Arianna dormait profondément, roulée en boule sur le côté alors qu'elle respirait lentement.

Je souris. J'espérais qu'elle rêvait des journées mémorables qu'elle avait passées en compagnie de ses amies cet été.

Je me glissai jusqu'à la chambre de Gabby et jetai un coup d'œil à l'intérieur. Elle était blottie sous ses couvertures, les sourcils froncés alors qu'elle rêvait, sans doute de dragons et de chevaliers.

Je secouai la tête en fermant la porte derrière moi.

Mes filles étaient l'opposé l'une de l'autre.

Je redescendis ouvrir les portes-fenêtres menant au jardin et fis quelques pas à l'extérieur. Je pris place dans l'une des chaises longues de la terrasse et relevai la tête pour admirer le ciel perlé de minuscules étoiles. Je me sentis soudain minuscule et insignifiante face aux milliers d'étincelles qui illuminaient le ciel.

J'étais souvent sortie prendre l'air à la nuit tombée après avoir découvert la liaison de Miles. Je ne m'étais jamais sentie aussi seule qu'à l'époque.

Aujourd'hui, plusieurs mois après que ma vie ait volé en éclats et la finalisation de mon divorce, je me sentais traversée par une autre émotion lorsque je regardais le ciel. Quelque chose qui ressemblait à de la gratitude. Mes filles étaient en bonne santé, et nous avions un toit au-dessus de nos têtes.

S'il était vrai que j'avais perdu mon mariage au change, j'avais fini par réaliser qu'il valait mieux être seule en ce monde que de perdre son temps aux côtés d'une personne en laquelle on ne pouvait avoir confiance.

Je me mordillai la lèvre inférieure. Peut-être ne me rema-

rierai-je jamais. Non pas que cela avait la moindre importance. J'étais un vampire à présent, après tout. Je survivrais à
n'importe quel homme normal, et j'ignorais même si les
vampires pouvaient se marier.

Non, mon existence ne pouvait être que solitaire. Tel était
mon destin.

CHAPITRE QUINZE

Je baissai ma fenêtre en voyant Stéphanie Miller approcher alors que j'attendais mes filles, garée devant l'école.

– Merci beaucoup de nous avoir invitées à partager une chambre avec vous, Rachel. Je ne savais pas si on allait pouvoir passer la nuit à Memphis comme tous les hôtels sont déjà pris d'assaut à cause du concert.

Stéphanie était une maman de la communauté avec laquelle j'allais à l'église. C'était une Chrétienne dévouée, qui avait fait les frais de l'hypocrisie de Veronica en croyant dur comme fer que sa réputation n'était que le résultat de coïncidences malheureuses, et n'était en rien liée à sa personnalité détestable. Si Stéphanie était mon amie, nous n'étions cependant pas particulièrement proches.

– Je t'en prie, répondis-je en me cachant les yeux des rayons taquins du soleil. Je ne voulais pas lui dire qu'elle avait été ma dernière option. Toutes les autres mamans avaient déjà prévu de partager leurs chambres entre elles. Je ne pouvais nier que j'avais été blessée de constater qu'aucune n'avait même eu la présence d'esprit de me demander si j'avais prévu d'emmener mes filles au concert. J'avais fait part de mes sentiments à Gina, qui m'avait dit qu'elle avait décidé de ne pas me poser la question après avoir vu le prix des billets, puisqu'elle ignorait quelle était ma situation financière après le divorce.

Je ne pouvais m'empêcher de me demander si c'était bien vrai. J'avais souvent entendu dire qu'après un divorce, les amis d'un couple se pensaient forcés de choisir un camp. Celui du mari, ou de la femme. Peut-être était-ce pour ça qu'on m'évitait. Parce que nos amis avaient choisi Miles plutôt que moi.

– T'es sûre que tu ne veux pas que j'aide à payer la chambre ? Je sais que le Peabody est très cher, Stéphanie se mordilla la lèvre inférieure, visiblement gênée.

– Non, tout est déjà payé, je la fixai un instant cachée derrière mes lunettes de soleil. Je dois admettre que je ne m'attendais pas à ce que tu autorises Mary Beth à aller voir le concert de Memphis. Je ne savais même pas que tu la laissais écouter de la musique pop.

Je n'avais jamais entendu Stéphanie écouter autre chose que de la musique Chrétienne.

Elle rougit avant de détourner le regard.

– J'ai beaucoup hésité. Je sais que je suis très stricte avec ma fille. Les gens ont l'air de penser que je suis une cruche.

Je me forçai à rester impassible.

– Mais non, mentis-je.

C'était exactement ce que tout le monde pensait. Stéphanie était la parfaite mère catho qui donnait des cours de catéchisme chez elle et participait aux missions bénévoles de l'église. Elle se donnait un mal fou pour être quelqu'un de *bien*, et j'avais toujours l'impression qu'elle me jugeait en silence, parce que j'aimais boire du vin ou que je ne donnais pas assez de mon temps aux bonnes œuvres.

– Je sais que c'est ce que les gens pensent, Rachel, rétorqua-t-elle dans un murmure. J'essaie juste de vivre selon mes valeurs. Mary Beth adore Memphis et elle ne me demande jamais rien. Là, elle voulait aller au concert. Je me suis dit qu'elle l'avait bien mérité.

Stéphanie haussa les épaules.

Je souris.

– Tu es une bonne mère. Ne laisse jamais quiconque te dire le contraire.

Stéphanie sourit avant de retourner à sa voiture. Je remarquai Veronica se garer derrière moi dans mon rétroviseur.

Elle klaxonna. Je verrouillai ma porte et remontai ma fenêtre rapidement.

Je détestais Veronica au moins autant que l'herpès.

C'était une vraie vipère, qui ne se gênait jamais pour critiquer son prochain. Tout le monde l'évitait comme la peste. Mais la majorité des gens la craignait suffisamment pour ne pas chercher à lui nuire.

Je n'étais malheureusement pas l'une de ces personnes. J'en avais assez de courber l'échine devant des raclures telles qu'elle.

– Rachel ! elle croassa mon nom avant de venir à ma voiture.

Le moindre de mes poils se hérissa en la voyant approcher.

Elle tapa contre la fenêtre conducteur.

– Rachel, tu vas jamais deviner qui va aller voir Memphis à Memphis, ses lèvres se fendirent en un sourire maléfique.

Son regard était aussi noir qu'un morceau de charbon tout droit venu de l'Enfer.

Je baissai mes lunettes de soleil pour la regarder. Elle me fit signer de baisser ma vitre.

– Ces billets m'ont coûté deux cents dollars, mais mon Elizabeth Grace les vaut bien, elle releva le menton en haussant un sourcil provocateur. On va même séjourner dans l'un des hôtels du centre-ville. Passer le week-end entre filles.

Je fronçai les sourcils et baissai la fenêtre.

– Je t'inviterais bien à venir avec les filles, mais je sais que ton budget est plutôt serré en ce moment, se moqua-t-elle.

Une colère terrible me fit bouillir le sang, et je m'agrippai à mon volant jusqu'à ce que mes phalanges blanchissent. La sonnerie de l'école retentit soudain, et même si je savais cela mesquin, je ne pus résister à la tentation. Veronica me cherchait depuis trop longtemps déjà.

Je souris.

– En fait, j'emmène les filles au concert, moi aussi. On a déjà nos billets. Je vais leur faire la surprise aujourd'hui.

Le sourire de Veronica se dissipa.

– On dirait que certains utilisent l'argent de la pension alimentaire pour se faire plaisir.

Je la fusillai du regard.

– Je n'en ai pas eu besoin. Ne va pas te faire des idées, Veronica. Je gagne mon propre argent. Où est-ce que tu comptes séjourner à Memphis ?

Elle ne se départit pas de son air suffisant.

– Tout était déjà complet, donc on a pris l'une des dernières chambres du Sheraton.

– Ah oui ? Nous avons réservé au Peabody, nous.

Je souris.

Son visage de démon se tordit en une grimace choquée.

– C'est impossible. J'ai essayé d'y avoir des chambres, et ils m'ont dit qu'ils étaient complets.

– J'imagine que tu aurais dû demander la suite présidentielle, dans ce cas.

Je n'attendis pas sa réponse pour fermer ma fenêtre en me délectant de sa moue agacée.

Je me tournai vers le portail de l'école à l'instant même où les enfants commençaient à sortir. Arianna et Gabby arrivèrent bientôt.

– Coucou les filles. C'était bien, l'école ? je les regardai dans mon rétroviseur.

Gabby avait l'air enjoué, comme à son habitude. Arianna se contenta de hausser les épaules.

– C'était nul. On a dû faire la récré au gymnase comme la cour était trempée à cause de la pluie. Ils nous ont fait courir pour qu'on se défoule, et j'ai été punie parce que j'ai voulu jouer à l'épée avec la serpillière de l'agent d'entretien, marmonna Gabby. Le directeur s'est pointé au moment même où je la brandissais, et il s'est pris un coup de serpillière pleine d'eau des toilettes dans la poire.

– Gabby, la sermonnai-je, les yeux écarquillés.

– Quoi ? demanda-t-elle. Il aurait dû regarder où il allait. C'est quand même pas ma faute s'ils ne nous autorisent pas à nous amuser dans le gymnase, elle leva les yeux au ciel.

Arianna sourit.

– T'as de la chance qu'il t'ait pas collée.

– Il était trop occupé à courir aux toilettes pour se laver le visage. Et j'allais pas attendre qu'il revienne. Je suis allée m'asseoir près de Neely Ray, l'asthmatique.

– Gabby... J'espère que tu t'es excusée, au moins ? je lançai un regard noir à ma fille dans le rétroviseur.

– Bah oui, mais je suis presque sûre qu'il courait trop vite pour m'entendre, elle haussa les épaules et sortit un livre de son sac d'école. J'ai emprunté un livre de science-fiction à la bibliothèque. C'est une histoire de zombies et d'extraterrestres.

– Débile, ricana Arianna.

– C'est bien plus cool que ces livres d'amour que tu lis. Qui voudrait se faire embrasser par un loup-garou ? C'est comme se faire lécher par un chien errant, rétorqua Gabby en retroussant le nez.

– Ah ouais, et tu préfères un zombie à un loup-garou ? demanda Arianna d'un ton agacé.

– Bon ça suffit maintenant, je mis le contact et m'engageai sur la route avant de m'arrêter au feu rouge. Et à part la mésaventure avec le directeur, il s'est passé quelque chose d'intéressant aujourd'hui ?

– Ouais. J'ai appris que toutes mes copines allaient voir Memphis à Memphis. Elles ont toutes des billets. Même la mère de Laura la laisse y aller, dit Arianna en croisant les bras.

– Ah oui ? demandai-je en me pinçant les lèvres pour faire taire mon sourire. Et bien j'ai une bonne nouvelle à vous annoncer.

– Quoi ? Tu vas faire des spaghettis au poulet pour le dîner ? demanda Gabby, excitée.

Ma Gabby. Elle était toujours la première à apprécier les petits plaisirs de la vie. Le monde se porterait bien mieux si nous étions tous un peu plus comme elle.

– Peut-être. J'ai encore rien décidé. Mais ce n'est pas ce que je voulais vous dire, je leur lançai un bref coup d'œil avant d'enclencher la première une fois le feu passé au vert. La surprise, c'est que je nous ai acheté des billets à toutes les trois pour aller voir le concert de Memphis à Memphis.

– Quoi ? cria Arianna en bondissant sur son siège. T'es sérieuse ? C'est pour de vrai ?

– Oui, je suis sérieuse et c'est pour de vrai, je souris.

J'étais heureuse de pouvoir faire plaisir à mes filles.

Un sourire resplendissant se glissa sur les lèvres d'Arianna.

– Il faut que j'appelle mes copines, dit-elle en sortant son téléphone.

– Attends, c'est pas fini, je tournai pour entrer dans notre quartier.

– Quoi ? Qu'est-ce qui pourrait être mieux que d'aller

voir Memphis à Memphis ? demanda Gabby d'un air excité avant de se mettre à chanter le refrain de sa dernière chanson.

– Et bien... elle se tut, et un lourd silence tomba sur la voiture.

Je m'assurai que chacune soit pendue à mes lèvres avant de reprendre.

– Accouche, pleurnicha Arianna. Tu me tues, Maman !

Je souris.

– On va passer la nuit dans la suite présidentielle du Peabody avec Stéphanie Miller et Mary Beth.

– Le Peabody ! s'exclama Arianna.

– C'est pas là-bas qu'il y a des canards ? demanda Gabby.

– Si, mon cœur. Ils ont une fontaine avec des canards, je lui fis un clin d'œil dans le rétroviseur et regardai Arianna dont l'expression s'était soudain assombrie.

– Qu'est-ce qu'il y a, Arianna ? T'es pas contente ?

– Si. C'est juste que je ne m'attendais pas à y aller avec Mary Beth et sa mère.

– Et bien, elles voulaient partager la chambre avec nous, et j'ai pensé que ce serait sympa de passer la soirée toutes ensemble, j'entrai dans le garage et coupai le moteur avant de me tourner vers elle. Tu es en colère que j'aie dit oui ?

– J'aurais juste préféré que tu demandes à une autre de mes amies, elle haussa les épaules. Je suis surprise que Stéphanie laisse Mary Beth aller voir Memphis. Elle lui interdit toujours tout, d'habitude.

– Je pense que c'est important aux yeux de Mary Beth, et que Stéphanie veut lui faire plaisir.

Arianna acquiesça.

– Moi je m'en fiche. Je partagerais même ma chambre avec un hippopotame pour aller au concert, dit Gabby.

– Moi aussi, Arianna acquiesça avant de sourire. Et puis

aucune de mes amies ne passe la nuit au Peabody. Je vais pouvoir frimer.

– Tant que tu n'en fais pas trop, rétorquai-je. Je pensais partir un peu avance pour qu'on puisse se balader à Memphis avant le concert, ajoutai-je en sortant de la voiture.

– Vraiment ? le visage d'Arianna s'illumina.

– Vous avez bien mérité un petit week-end tranquille. Ça fait longtemps qu'on est plus sorties ensemble.

– Merci, maman, Arianna m'enlaça brièvement, et je la tins contre moi en tentant de lutter contre les larmes qui menaçaient de dévaler mes joues.

Elle s'éloigna bientôt, l'air heureux.

– Je vais appeler mes copines, elle courut à sa chambre, son téléphone déjà collé à l'oreille.

– Merci, maman, Gabby me fit un câlin rapide. Tu penses qu'on sera assez près de Memphis pour lui toucher la main ?

– Je sais pas, ma chérie. C'est en placement libre, et on sera dehors. On va amener nos sièges. Avec un peu de chance, on aura de bonnes places en arrivant tôt.

Elle acquiesça avant d'aller dans sa chambre.

Je souris pour moi-même. Malgré toutes les épreuves que nous avions dû traverser récemment, il me semblait avoir remporté une petite bataille ce soir. J'avais l'impression d'enfin retrouver mes filles heureuses et enjouées, et je ne pouvais être plus heureuse.

CHAPITRE SEIZE

Les jours passèrent lentement. Les filles se réveillaient le sourire aux lèvres chaque matin, excitées à l'idée de bientôt aller à Memphis.

Elles avaient même fait part de nos projets à Miles lorsqu'il était passé les voir. Je m'étais attendue à ce que cela l'agace. L'ancien Miles m'aurait sans doute dit de ne pas gaspiller de l'argent pour une telle futilité. Mais depuis le divorce, Miles ne semblait plus vraiment être lui-même. Il avait l'air triste de ne plus participer pleinement à la vie des filles.

Peut-être avait-il fini par réaliser qu'il avait perdu plus qu'une épouse dans ce divorce. Il avait aussi perdu sa famille.

Je me demandais s'il fréquentait encore Nikki. Mais même si ma curiosité me démangeait, il était hors de question que je lui pose la question. Je savais que Nikki voulait récupérer l'argent de l'assurance vie de Brad, et je devinais que cela était en partie dû au fait que mon divorce m'avait été particulièrement profitable d'un point de vue financier.

Tout ça me semblait être un tel gâchis. Deux familles, déchirées par deux individus égoïstes.

Cela faisait quelques jours déjà que j'avais bu du sang pour la dernière fois avec Khalan. J'allais bientôt devoir me nourrir, et j'ignorais quand il finirait par revenir.

Nous étions vendredi soir, et les filles passaient la nuit chez des amies. Nous avions convenu qu'elles seraient récupérées par ces dernières à la sortie de l'école, et j'en avais donc profité pour dormir toute la journée. Je me réveillai alors que les derniers rayons du soleil se dissipaient pour laisser place aux ombres de la nuit.

Je m'assis dans mon lit, le regard dans le vague.

Pour la première fois depuis longtemps, je me sentais en paix. Je me levai après m'être étirée. Les filles seraient de retour demain matin, et il allait donc falloir que je profite de ma soirée libre pour aller chercher du sang.

Je me traînai à la salle de bain pour me préparer.

Une fois cela fait, je décidai d'attendre quelques heures encore pour sortir. Je ne voulais pas que l'on me voie, et je me résignai donc à sortir aux alentours de minuit. En attendant, je bus un verre de Cabernet en regardant des films. Lorsqu'enfin minuit sonna, j'étais plus que prête à aller me nourrir. Ma soif de sang n'avait eu de cesse de s'intensifier au cours des dernières semaines, et après avoir chassé aux côtés de Khalan, l'idée même de boire autre chose que du sang humain me paraissait inenvisageable.

Je sortis ma voiture du garage à minuit et demi, affamée.

Notre quartier était plongé dans l'obscurité, à l'exception des quelques lampadaires qui bordaient le bout des rues.

Je quittai la sécurité de mon foyer pour m'engager dans la rue, les battements de mon cœur affolés alors que j'approchais du centre-ville de Charming. J'avais trouvé la perspective de chasser seule excitante lorsque je m'étais préparée, mais je me sentais soudain nerveuse à présent que j'étais sur le point de boire le sang d'un autre être humain.

Je pris de longues inspirations en traversant le centre-ville avant de me garer dans un coin désert et de couper le moteur.

Je jetai un dernier coup d'œil dans mon rétroviseur et je récupérai mon sac à main. Je m'assurai de baisser la tête en allant jusqu'au salon de tatouage. Je croisai quelques poivrots qui me firent des commentaires déplacés sans pour autant chercher à me suivre. Je n'avais pas peur. J'aurais tout à fait été capable de me défendre s'ils s'en étaient pris à moi. Ma nouvelle nature de vampire avait aussi l'avantage d'avoir décuplé ma force.

J'arrivai bientôt au salon de tatouage. Il y avait encore de la lumière intérieur, en dépit de l'absence de clients dans la salle d'attente. J'entrai. Le réceptionniste ne releva pas la tête de la BD qu'il lisait.

– On est fermés.

– Je sais, je relevai le menton. Je ne suis pas venue me faire tatouer.

L'homme aux cheveux noirs de jais daigna enfin relever la tête. Son regard s'arrêta brièvement sur mon visage avant d'arpenter mon corps.

– C'est dommage, avec un corps comme le vôtre, ce serait comme peindre Mona Lisa, il sourit.

Je le fusillai du regard. Je dus me faire violence pour résister à l'envie de le mordre. Il aurait trop aimé ça, de toute façon. Ainsi, je me contentai de traverser le couloir menant à la porte de derrière pour retourner dans l'allée que Khalan m'avait montrée. Il m'avait dit qu'il valait mieux faire quelques détours lorsque j'allais me nourrir. Au cas où quelqu'un me suivrait.

La porte se referma derrière moi, et je fus bientôt seule dans l'allée. Je serrai les poings en inspirant profondément. Je me remis en marche, en faisant attention à rester loin des lumières de sécurité. Mes yeux s'habituèrent à l'obscurité après quelques minutes, et je remarquai une blonde dans les ombres. Elle avait la tête baissée, si bien que je ne pouvais voir son visage.

Sans un mot, elle se mit à marcher vers moi.

Mon cœur battait la chamade dans ma poitrine. Et si c'était quelqu'un que je connaissais ? Aurais-je le cran de boire son sang malgré tout ?

Je me sentis traversée par un sentiment désagréable. J'avais besoin de sang. J'ignorais si j'aurais à nouveau l'opportunité de sortir me nourrir sans devoir laisser les filles seules.

Je me forçai à mettre un pied devant l'autre pour rejoindre l'étrangère.

– Je suis là...

– Vous êtes venue pour moi, dit-elle dans un murmure en fuyant mon regard.

Mon cœur bondit dans ma poitrine.

– Je ne suis pas certaine que vous soyez celle que je cherche.

Elle releva brusquement la tête, ses grands yeux bruns braqués sur moi.

– Ne me repoussez pas, je vous en prie. J'ai besoin de cet argent. Et puis je n'ai rien bu... ce soir. Et je ne me drogue pas, elle avait l'air paniqué. Mon sang est sain, je vous le promets.

Je reculai dans les ombres. Merde. Elle savait ce que j'étais.

– Je ne sais pas ce que vous avez en tête. Je suis sortie... m'amuser.

Cela me semblait être la seule excuse plausible qui n'avait rien à voir avec la drogue. Même si cela aurait été un mensonge, je n'avais aucune envie de lui dire que j'étais venue chercher une dose.

– Je sais que vous êtes venue pour du sang, elle fit un pas vers moi. Écoutez, j'ai payé le prix fort pour la soirée. Blayze m'a promis que je serai le prochain sacrifice, mais il n'arrête pas de me dire que ce n'est pas le bon moment.

– Blayze ? répétai-je. Le même type qui nous avait trouvé un donneur de sang lorsque Khalan et moi étions allés chasser ensemble.

– Oui. Il m'a promis de m'offrir au Maître. Mais il n'a pas encore bu mon sang.

– Donc Blayze est ton maquereau, c'est ça ? je plissai les yeux.

J'avais soudain un horrible pressentiment.

Khalan payait-il pour qu'on lui offre des donneurs de sang sur un plateau d'argent ?

Elle fronça les sourcils avant de secouer la tête.

– Quoi ? Non. Je ne suis pas venue coucher avec vous. Je veux uniquement vous donner mon sang.

Lorsque je l'avais rencontré, j'avais cru que Khalan avait hypnotisé Bill, ou Blayze, pour le forcer à lui trouver des donneurs de sang. Je n'aurais jamais imaginé que certains humains connaissaient l'existence des vampires, et savaient qu'ils se mêlaient à eux dans ma petite ville de Charming, Mississippi.

– Merde, marmonnai-je.

– J'ai signé un contrat de confidentialité et tout. Blayze a un dossier avec mes examens sanguins et mon historique. Il m'a promis que je serais la prochaine à être offerte au Maître, elle baissa la tête.

– Combien Khalan vous paye ?

– Khalan ne nous paie pas. C'est nous qui payons pour avoir la chance de nous sacrifier à lui.

– Attendez… Vous donnez de l'argent à Khalan ? je penchai la tête.

– Non, à Blayze.

J'étouffai un grognement agacé.

– Et vous lui avez donné combien ?

– Mille dollars.

– Vous vous foutez de moi ? je manquai presque de m'étouffer.

Si les donneurs donnaient autant d'argent à Blayze, combien Khalan recevait-il ?

– Quoi ? J'aurais dû donner plus ? Est-ce que c'est pour ça qu'on ne m'a pas choisie ? elle me regarda d'un air ahuri, telle une biche surprise par les phares d'une voiture.

– Et vous savez qui je suis ? je quittai les ombres pour m'approcher d'elle.

– Oui. Vous faites partie d'un groupe de jeu de rôle qui se spécialise dans les personnages fantastiques. Vous appartenez à l'Assemblée des vampires du Mississippi. Je dois admettre que je m'attendais à ce que vous portiez une cape et des cuissardes noires plutôt qu'un leggings et des baskets, par contre.

Ma mâchoire manqua de se décrocher. Elle ignorait que j'étais un vrai vampire, en chair et en os.

J'acquiesçai.

– Et bien, puisque vous savez ce dans quoi vous vous engagez et que vous avez déjà payé...

– Oui. Et si l'expérience vous plaît, je serais tout à fait prête à réserver une autre session, son regard brilla d'espoir.

– Bon, très bien.

– Où est-ce qu'on fait ça ? Vous voulez aller à l'intérieur, au bar ? elle me lança un sourire resplendissant en sautillant d'excitation. Je suis désolée, mais c'est la première fois que je m'offre à un vampire. J'ai super hâte.

– Comment vous vous appelez ? je me massai les tempes, agacée.

– Jennifer.

– Alors déjà, Jennifer, il faut vous calmer.

– D'accord, oui, elle inspira profondément en fermant les

yeux. Lorsqu'elle les ouvrit à nouveau, elle me sourit. On va à l'intérieur ?

– Non. Contentons-nous d'aller là-bas, dans le coin, ma voix se mit à trembler alors que je me sentais submergée par un sentiment de culpabilité.

Je ne pouvais m'empêcher de penser que je privais cette pauvre fille de son libre arbitre.

Je soupirai et trouvai son regard.

– Une fois que nous aurons terminé, tu ne te souviendras plus de cette nuit. Tu ne te souviendras pas de mon visage, ni de ce que nous avons fait ici. Tu te contenteras de rentrer chez toi, de manger un peu et d'aller te coucher.

Son regard était vitreux, et elle entrouvrit les lèvres. Elle pencha la tête pour m'offrir son cou.

Je vis du sang frais pulser dans l'une de ses veines, et je salivai immédiatement. Je déglutis en passant les bras autour de son cou dont je mordis la chair.

Le liquide chaud et cuivré emplit bientôt ma gorge. Je soupirai en buvant cet élixir de vie à pleines gorgées. Il était plus délectable encore que le meilleur vin qu'il m'avait été donné de goûter.

Je gémis de plaisir en me nourrissant au cou de ma donneuse, avant de réaliser que je devais la lâcher.

Une partie de moi aurait voulu continuer à boire, mais je savais ce qui risquait de passer si je lui prenais trop de sang. Je risquais de la tuer si je perdais le contrôle.

– Rentre et vas te coucher. Tu ne te souviendras pas de ce soir.

Jennifer acquiesça avant de tourner les talons pour retourner au parking. La porte du bâtiment s'ouvrit brusquement, et Bill en sortit. Il écarquilla les yeux en me remarquant.

– Maîtresse Rachel, je n'attendais pas votre visite, une perle de transpiration glissa le long de son front, et il l'essuya du dos de la main. Son regard arpenta les alentours avant de retrouver le mien. Souhaitez-vous que je vous trouve un sacrifice pour étancher votre soif ?

– Bill...

– C'est Blayze, me corrigea-t-il.

J'étouffai une injure.

– Blayze, il faut que je vous demande quelque chose. Et vous avez plutôt intérêt à ne pas me mentir.

Il prit un air craintif alors que je m'approchais de lui.

– Est-ce que les gens vous paient pour... participer à votre jeu de rôle ?

J'ignorais s'il savait que nous étions de vrais vampires, et je préférais donc jouer la carte de la sécurité en choisissant mes mots avec soin.

– Et bien, oui. C'est un service vital. Les Maîtres ont besoin de sacrifices vivants, et certains humains sont plus que ravis de payer pour s'offrir à eux.

– Et combien est-ce que vous donnez à Khalan ? je me penchai vers lui et je sentis la peur sur sa peau.

Il humecta ses lèvres tremblantes.

– Et bien...

– Ne me mentez pas, Blayze.

– C'est à dire que je ne donne rien à Khalan.

– Donc vous êtes le seul à profiter de la situation ? je haussai un sourcil.

– L'argent n'est pas le plus important. Après tout, mes services permettent de rassembler Khalan et les autres pour qu'ils puissent jouer ensemble. C'est ce qu'ils veulent vraiment.

– Et toi, ce que *tu* veux vraiment, c'est une bonne liasse de billets, lui crachai-je. Blayze, je te laisse une dernière chance de me dire la vérité.

Il baissa la tête, l'air coupable.

– Je faisais partie d'un autre groupe de jeu de rôle en

Alabama. C'était plutôt orienté sur les loups-garous et les fées. Je me sentais seul quand j'ai déménagé à Charming, donc j'ai lancé un groupe de jeu de rôle en ligne, il me lança un sourire triste. Ça marchait du tonnerre, et les gens n'arrêtaient pas de me demander de trouver un endroit où on pourrait se rassembler et jouer ensemble, en vrai. Mais ce n'est que quand j'ai vu Khalan dehors à la nuit tombée que j'ai su que j'avais trouvé le vampire parfait pour le jeu. Je suis allé le voir et je lui ai parlé du concept, en lui disant qu'il ferait un bon vampire et qu'on s'amuserait bien.

– Et tu ne lui as jamais dit que tu faisais payer les gens pour jouer avec lui ?

– Et bien, non. Je n'ai commencé à les faire payer qu'un mois environ après le lancement du jeu. Il y avait tellement de gens qui voulaient savoir ce que ça faisait d'être avec un vampire que certains se sont même mis à me proposer de l'argent. Je travaillais dans une librairie d'Oxford à l'époque, et je ne gagnais pas beaucoup d'argent. Vous n'imaginez pas combien je me suis fait quand j'ai commencé à faire payer les gens. J'ai même pu quitter mon travail pour ne m'occuper que du jeu. Ceux qui veulent rejoindre le groupe doivent payer un abonnement mensuel. Et il faut remporter des enchères en ligne pour être choisi comme donneur de sang. Le gagnant peut rencontrer le Maître Khalan, et maintenant, sa Maîtresse.

– Je ne suis pas sa Maîtresse, grognai-je.

– Pardon, je ne voulais pas être impoli. C'est juste qu'il vous protège comme si vous vous fréquentiez.

– Comme si on se fréquentait ?

– Et bien oui, comme une copine.

J'éclatai de rire.

– Tu n'y es pas du tout.

Il se frotta la nuque.

– Vous allez le dire à Khalan ?

– Bien sûr que oui.

Il soupira.

– Bon et si les gens doivent enchérir pour être avec Khalan, c'était quoi ce numéro avec la fille, l'autre soir ? Celle avec qui tu discutais au bar. Elle avait l'air plutôt énervée qu'on lui ait dit non.

Il s'éclaircit la gorge en détournant le regard.

– Elle pensait qu'elle allait pouvoir passer du temps avec Khalan ce soir-là. Elle ne savait pas que quelqu'un avait surenchérit sur son offre. Et elle était plutôt agacée de l'apprendre.

– Moi j'ai plutôt l'impression que t'as pris son argent et qu'elle s'est énervée quand elle a compris qu'elle avait été dupée.

Bill écarquilla les yeux. Je sus que j'avais eu raison.

– Et apparemment, ce n'est pas la seule à qui tu as fait ça. En fait, j'ai même discuté avec l'une de tes victimes ce soir.

Son visage pâlit soudain.

– Je vais te donner une chance d'arranger les choses. Tu vas rendre leur argent aux gens qui n'ont pas eu ce qu'ils voulaient. Ensuite, tu diras à Khalan que tu fais payer les gens pour passer du temps avec lui.

– Mais…

– Mais rien. Si tu n'avoues pas la vérité au *Maître*, c'est moi qui le ferai. Et ce sera mille fois pire si je m'en charge, je haussai un sourcil avant de tourner les talons.

Je quittai l'allée, un sourire aux lèvres. J'étais peut être un vampire, mais j'avais encore mon humanité.

CHAPITRE DIX-SEPT

Je préparai les filles pour le concert jeudi soir. Nous avions prévu de partir le vendredi, pour qu'elles puissent passer un peu de temps dans le centre-ville de Memphis. Le concert aurait lieu samedi, ainsi que ma mission secrète pour laquelle je devais prendre des photos compromettantes. Une fois les filles couchées, je m'attelai à la préparation de mes propres bagages. J'ignorais ce qu'on devait porter à un concert en extérieur et je décidai donc d'emporter un jean, un t-shirt ainsi qu'une paire de baskets.

Je décidai aussi de mettre une tenue habillée dans ma valise, ayant réservé une table au salon de thé du Peabody pour les filles et moi. Cela m'avait coûté une petite fortune, mais je m'en moquais. Je voulais que ce week-end soit absolument inoubliable.

Une fois que j'eus terminé, j'allai chercher une bouteille de vin dans la cuisine et je sortis m'installer dans le jardin. J'avais pris l'habitude de sortir admirer le ciel d'encre chaque soir depuis que j'étais devenue un vampire.

J'avais réappris à être seule. Lorsque j'étais mariée et une fois les filles au lit, Miles et moi avions l'habitude de regarder un film en sirotant un verre de vin, ou de nous asseoir dehors pour parler de notre journée. Enfin, c'était surtout *lui* qui parlait, puisque les journées d'une femme au foyer ne semblaient pas vraiment l'intéresser.

Cette solitude commençait cependant à me peser. Je ne me serais jamais imaginée divorcée avec deux enfants. Mais maintenant que j'étais un vampire, me remarier était hors de question. Avec un humain, tout du moins. Je n'avais aucune envie de voir mon nouvel amant vieillir et mourir alors que je resterais jeune, parfaitement identique à celle qu'il avait rencontrée.

Je me roulai en boule sur ma chaise-longue, des larmes silencieuses dévalant mes joues.

– Pourquoi tu pleures ?

J'étouffai un soupir en entendant la voix de Khalan. Je n'avais pas besoin de son mépris ce soir.

– Je pleure pas, je m'assis rapidement et m'essuyai les yeux.

– Je suis pas aveugle, tu sais. Je vois bien que tu pleures.

– C'est rien. La journée a été difficile, c'est tout.

Je me tournai pour le regarder. Il portait un jean sombre et un t-shirt noir. Mon cœur manqua un battement et je compris alors qu'il était urgent que j'évacue mes envies sexuelles, avant qu'elles ne me poussent à faire une bêtise.

– T'as l'air… différent, ma voix était rauque.

– Je porte toujours du noir, grogna-t-il en se passant une main dans les cheveux.

– Mais t'as pas ton manteau, je penchai la tête. Je crois ne pas t'avoir déjà vu sans.

Il plissa les yeux.

– Je t'ai vue faire tes valises toute à l'heure. Tu vas où ?

– J'emmène les filles en week-end.

– Où ?

– À Memphis, je haussai les épaules.

Son regard se fit dur.

– Ce week-end ?

– Ouais. On part demain.

Il fit un pas vers moi.

– Écoute-moi bien, je t'interdis d'aller à Memphis.

– Pardon ? je haussai un sourcil.

La moindre pensée lubrique que j'avais pu avoir pour mon Créateur s'était à présent dissipée.

– Je t'interdis d'aller à Memphis ce week-end. C'est trop dangereux.

– Tu peux pas m'interdire de faire quoi que ce soit, je lui lançai un regard noir, les mains posées sur les hanches.

Si son objectif était de me mettre en colère, il avait gagné.

– Est-ce que tu sais le monde qu'il va y avoir à Memphis ce week-end ? C'est bien trop dangereux pour toi. On risque de découvrir que t'es un vampire, et à cause de toi, l'humanité tout entière va se mettre à nous pourchasser, armée de pieux et d'eau bénite.

– T'as dit que l'eau bénite n'avait aucun effet sur nous.

– Contrairement aux pieux, rétorqua-t-il d'un ton agressif.

– Je suis obligée d'y aller ce week-end. J'ai un contrat à honorer là-bas.

– Dis à ton patron que t'as un imprévu, il se tourna pour partir, avant de me lancer un coup d'œil par-dessus son épaule. Ne va pas à Memphis, quoi qu'il arrive. C'est trop dangereux. Et je pourrai pas t'aider si t'as des problèmes là-bas.

Je le regardai passer le portail et s'enfoncer dans les bois sombres qui bordaient ma maison.

Quel enfoiré. Je n'étais pas du genre à m'attirer des problèmes, et il était hors de question que je laisse quiconque découvrir que j'étais un vampire. Je fronçai les sourcils, agacée. Comment osait-il me dicter de quelle façon vivre ma vie ?

J'avais laissé Miles gouverner mon existence pendant de trop nombreuses années. Et j'étais une femme libre à présent. Khalan était mon Créateur, je ne pouvais le nier, mais il n'était pour autant pas maître de mon destin.

CHAPITRE DIX-HUIT

– Alors, prêtes à vous amuser ?

Je me glissai dans ma Volvo et allumai le moteur. Je jetai un coup d'œil à mes filles dans le rétroviseur.

– Trop ! J'arrive pas à croire que tu nous aies fait quitter l'école en avance, sourit Arianna. Mes amies sont super jalouses qu'on aille à Memphis un jour plus tôt. Elles ne partent que demain matin, elles.

– Je voulais que Madeline vienne, grogna Gabby.

– Je suis désolée, ma chérie. La prochaine fois peut-être. Tu vas quand même t'amuser, non ?

– Bah oui, elle me sourit.

– Comme vous avez déjà déjeuné, j'ai prévu de vous emmener dans un beau salon de thé pour le goûter.

– C'est où ? demanda Gabby.

– C'est celui de l'hôtel.

– Mais il est hors de prix, Arianna écarquilla les yeux. Et j'ai pas pris de beaux vêtements avec moi.

– Ne t'inquiète pas, j'ai mis de jolies robes pour toi et ta sœur dans votre sac.

– Quoi, il faut que je porte une robe ? soupira Gabby.

– Oui ma chérie. Mais tu pourras porter ce que tu veux demain. Ne boude pas, on va prendre le thé, avec de vrais scones et de la crème caillée.

Son visage s'illumina.

– Comme la Reine d'Angleterre ?

Je souris. Mon téléphone sonna, et je baissai la tête pour regarder de qui provenait l'appel.

Miles.

J'appuyai sur le bouton du haut-parleur.

– Allô ?

– Salut Rachel, C'est Miles.

– Salut, Miles. Tu es sur haut-parleur, et les filles sont dans la voiture.

– Coucou papa, lui dirent Gabby et Arianna à l'unisson.

– Salut les filles, je descellai une pointe d'hésitation dans sa voix. Vous n'êtes pas à l'école ?

– Maman nous a fait sortir plus tôt pour aller voir Memphis à Memphis, répondit Gabby.

– C'est super, il s'éclaircit la gorge. Rachel, je pourrais te parler en privé une seconde ?

– Oui bien sûr. Donne-moi une seconde, que je me gare sur une aire de repos :

Je ne voulais pas donner un mauvais exemple aux filles en utilisant mon téléphone au volant. Je prenais toujours la peine de m'arrêter pour répondre lorsqu'elles étaient dans la voiture.

– On peut aller acheter à boire ? demanda Arianna.

– Oui. Tiens, achetez-vous aussi de quoi grignoter, je lui tendis un billet et attendis qu'elles soient entrées à l'intérieur du magasin pour reprendre ma conversation.

– Alors, qu'est-ce qu'il y a, Miles ?

– Tu ne m'avais pas dit que tu comptais faire sortir les filles de l'école plus tôt pour aller au concert. Je croyais que tu attendrais la fin des cours.

– Ça s'est un peu fait à la dernière minute. Elles n'ont pas eu de vacances en famille cet été, donc je me suis dit que ça leur ferait peut être plaisir. Elles adorent Memphis toutes les deux.

– La ville ?

– Non, la chanteuse. C'est comme ça qu'elle s'appelle, Memphis. Et elle prétend être de la famille d'Elvis, ricanai-je.

– Je vois.

– Enfin bref, de quoi tu voulais me parler ? je fixai l'entrée du magasin et vis Gabby et Arianna s'attarder dans le rayon des chips non loin de la fenêtre. Elles avaient l'air d'avoir du mal à faire leur choix.

– Nikki m'a dit qu'elle t'avait appelée.

Mon estomac se serra violemment. Cela confirmait qu'ils se voyaient donc bien encore.

– Oui.

– Et elle t'a dit quoi, exactement ? me demanda-t-il, visiblement mal à l'aise.

– Pourquoi tu ne lui demandes pas ? Vous êtes ensemble maintenant. J'imagine que vous devez tout vous dire, non ?

– Rachel…

– C'est vrai, quoi. Pourquoi elle irait me dire quelque chose que tu ne sais pas déjà ?

Ces mots durs avaient un goût délectable dans ma bouche.

– Je crois que j'ai eu tort de t'appeler.

– Effectivement. J'aimerais que nous restions en bons termes, pour le bien des filles, dis-je en relevant le menton.

– Oui, bien sûr. C'est tout ce que j'ai toujours voulu, m'implora-t-il.

Je m'agrippai à mon téléphone. J'aurais voulu avoir la force de le contredire. Je savais combien il pouvait être égoïste. Il ne pensait jamais qu'à son propre bien-être, quitte à sacrifier celui de notre famille pour avoir ce qu'il désirait.

– Je voulais juste m'assurer qu'elle ne t'avait pas contrariée.

– C'est un peu tard pour ça, je ris amèrement. Et puis je m'en fiche moi, qu'elle ait engagé un détective privé pour retrouver le corps de Brad.

– Elle t'a dit ça ? demanda-t-il d'un ton incrédule.

Ma mâchoire se décrocha.

– Elle te l'a pas dit ?

– Non, bien sûr que non, je n'eus aucun mal à imaginer Miles se passer une main dans ses cheveux blonds, le regard braqué vers le sol.

– Elle a besoin de retrouver son corps pour toucher l'assurance vie.

Je choisis de ne pas lui révéler que j'avais obtenu ces informations en l'espionnant. Il n'avait pas besoin de le savoir.

– Mais elle m'a dit qu'ils avaient pas d'assurance vie. Elle m'a même dit que Brad était endetté. Toutes ces fois où elle m'a demandé de l'argent…

– Attends, tu lui donnais de l'argent ? Quand on était mariés ? grognai-je.

Ma vision se brouilla sous le coup de la colère.

Son silence était assourdissant.

Les filles ressortirent du magasin, les bras chargés de friandises. J'aurais voulu crier des horreurs à mon ex, dont l'égoïsme me dégouttait profondément. Mais je ne pouvais me permettre une telle chose devant mes enfants.

– Il faut que j'y aille, je raccrochai tandis que Miles bégayai une excuse du bout de ses lèvres de menteur fini.

La portière de la voiture s'ouvrit au même moment, et les filles se réinstallèrent à l'intérieur en bavardant gaiement.

– Prêtes à vous éclater ? j'enclenchai la marche arrière. Ce week-end va être mémorable, c'est moi qui vous le dis.

CHAPITRE DIX-NEUF

Nous nous enregistrâmes en avance au Peabody. L'Oncle Stan avait payé le prix fort pour la Suite Présidentielle, et le personnel était donc aux petits soins avec nous.

– La chambre est trop belle, s'émerveilla Gabby en regardant par la fenêtre. On peut aller voir les canards ?

– Bien sûr, je jetai un coup d'œil à ma montre. Laisse-moi juste appeler la réception avant, pour confirmer notre réservation au salon de thé.

Les filles acquiescèrent avant d'allumer la télévision.

– Sérieusement ? On séjourne dans l'hôtel le plus prestigieux de Memphis et vous voulez regarder la télé ? je les regardai tour à tour en secouant la tête.

Je décrochai le téléphone de la chambre et appelai la réception pour confirmer notre réservation. Je pris ensuite le temps de ranger nos revêtements, et m'attardai devant les deux lits qui occupaient la majeure partie de la pièce.

– On va s'arranger comment pour dormir ? Arianna me lança un regard en biais.

– Je pense que Mary Beth et sa mère prendront un lit. Je dormirai avec l'une de vous dans l'autre, et je pourrais appeler la réception pour voir s'ils peuvent nous monter un lit d'appoint.

– Je prends le canapé ! intervint Gabby en sautillant sur place. Ça me dérange pas.

– Merci, ma chérie, je lui caressai les cheveux. C'est gentil.

– Il y a une kitchenette dans cette pièce, dit Arianna en pointant du doigt une porte.

Je la suivis à l'intérieur. Une petite cuisine avait effectivement été aménagée le long d'un couloir. Elle était spartiate, mais nous conviendrait parfaitement.

– Et Mary Beth, elle arrive quand ? me demanda Arianna, scotchée à son téléphone.

– Demain. J'ai dit à Stéphanie de venir assez tôt pour que nous puissions déjeuner ensemble à Rendez-vous, le resto au bout de la rue. Ils servent les meilleures côtes de porc de tout le Sud des États-Unis.

Elle soupira.

– On est obligées ? Arianna leva les yeux au ciel. J'aurais préféré manger un hamburger ou un truc du genre.

– Et bien on verra. Stéphanie ne m'a pas encore dit à quelle heure elle arrivait exactement. On devra peut-être acheter quelque chose à emporter à la place.

Je consultai mon téléphone.

– Le concert est à neuf heures demain soir. On pourrait acheter des hamburgers juste avant d'y aller et les manger là-bas. On sera dehors de toute façon, et tout le monde apporte ses propres chaises. J'ai pris les nôtres et plusieurs autres, au cas où quelqu'un aurait oublié les siennes.

– Regarde, Arianna me montra un article de la presse locale de Memphis. Ils disent que tous les billets du concert de Memphis ont été vendus. On a eu de la chance d'en avoir eu à temps, elle écarquilla les yeux.

– Je sais. J'imagine que c'était le destin, je souris.

J'étais heureuse de pouvoir faire plaisir à mes filles.

– Allez les filles, on a un peu de temps pour aller faire un tour au centre-ville avant de se préparer pour le thé.

Je pris mon sac à main et la clé de la chambre avant d'ouvrir la porte et de mener mes filles dehors. Nous passâmes l'après-midi à faire du lèche-vitrine dans les magasins alentours et aux abords de l'Orpheum. Les filles me demandèrent de revenir à l'occasion pour y voir une pièce de théâtre, et je pris note de m'en occuper en rentrant à la maison.

Nous fîmes un peu de shopping, et j'offris aux filles un nouveau haut chacune. Lorsque nous retournâmes enfin au Peabody, nous étions toutes trois exténuées. Ma propre fatigue me surpris, étant donné que j'avais bu du sang la veille.

– Et si on se détendait un peu avant de se préparer pour aller prendre le thé ? je bâillai dans la paume de ma main.

Les filles s'écroulèrent toutes deux sur un lit alors que je m'allongeai sur le deuxième. Je programmai un réveil sur mon téléphone et le posai sur la table de nuit pour être sûre de ne pas dormir trop longtemps.

Le cri strident de l'alarme me tira de ma torpeur une heure plus tard. Je m'assis doucement et me frottai les yeux.

– On a cru que tu allais pas te réveiller et qu'on allait pouvoir appeler le room service, soupira Gabby, visiblement déçue.

– Pas de chance. Ça va être super, tu verras, j'étouffai un bâillement et je pris mon téléphone pour le faire taire. Où est Arianna ?

– Elle met sa belle robe dans la salle de bain, ronchonna Gabby. T'es sûre que je peux pas y aller comme ça ?

– Désolée ma chérie. C'est un restaurant de luxe. Comme ceux où dînent les rois et les reines.

Elle écarquilla les yeux en réponse à cette référence.

– Sérieux ?

– Oui, sérieux. C'est pour ça qu'il faut que tu aies l'air d'une princesse, ce soir.

– Ils nous serviront peut être du dragon, dit-elle en fendant l'air du bout d'une épée imaginaire.

– Peut-être, je ris. Je toquai à la porte de la salle de bain. Arianna ?

– Juste une minute.

Elle ouvrit la porte quelques instants plus tard et sortit habillée d'une belle robe vert pâle. Elle avait mis des chaussures à petits talons et avait brossé ses cheveux jusqu'à ce qu'ils brillent comme de la soie noire.

– Tu es splendide, ma chérie. Tu veux que je t'attache les cheveux ?

– Oui. Évite juste de me faire une coiffure de gamine.

– Je pourrais pas te faire ressembler à une gamine, même si je le voulais. Tu as l'air d'avoir vingt ans, soupirai-je.

– Vraiment ? elle sourit.

– Oui, je pris la brosse et quelques épingles à cheveux, avant d'allumer le fer à friser. Je me débattis avec mes outils un moment et réalisai une jolie coiffure attachée.

– J'ai mis les diamants que papa m'a offerts pour Noël.

Elle se sourit à elle-même dans le miroir et elle tourna la tête pour mieux se regarder.

Je me mordillai la lèvre inférieure pour m'empêcher de lui faire remarquer que c'était moi, qui avait cherché et acheté ce cadeau pour elle. J'avais signé la carte de nos deux noms, mais elle semblait l'avoir oublié.

Je me forçai à sourire en la regardant.

– Tu es superbe. Maintenant dis à ta sœur de venir pour que je m'occupe de ses cheveux.

– Tu vas avoir besoin de la nuit entière si tu veux la faire belle, ricana Arianna.

– Arianna, ce n'est pas gentil de dire ça à propos de ta sœur. Vous êtes toutes les deux très belles.

Gabby entra dans la salle de bain en soupirant.

– Je préférerais être super douée au combat à l'épée que d'être belle. Comme ça je pourrais tuer les monstres qui veulent entrer chez nous.

– Ouais. Comme ce jardinier chelou, Arianna rit en sortant de la salle de bain pour laisser la place à Gabby.

– Il est pas jardinier. C'est un magicien, Gabby croisa les bras. Et puis moi je l'aime bien. Tu l'aimes pas toi, maman ? me demanda-t-elle en se tournant vers moi.

Je déglutis.

– Si, il est sympa.

– Juste sympa ? Il t'a quand même portée jusqu'à ta chambre quand tu t'es évanouie, l'autre fois, Gabby me fixa.

Je ravalai une grimace. Khalan m'avait pourtant assuré avoir hypnotisé les filles afin qu'elles oublient cet incident. Ma soif de sang avait été telle que je m'étais évanouie. Khalan, qui était là par hasard, m'avait alors portée jusqu'à ma chambre, où j'avais bu son sang. Il était sorti par la fenêtre lorsque les filles avaient frappé à la porte.

– Tu te souviens de ça ?

– Bah oui. Khalan a dit que tu t'étais évanouie parce que t'avais pas assez mangé. Il a dit que c'était super important de manger, et qu'on risque de tomber dans les pommes si on manque un repas, elle fronça les sourcils. Mais j'ai déjà oublié de manger parce que j'étais trop occupée à jouer dehors, et je me souviens pas m'être évanouie.

Elle se tourna vers moi, en quête d'une réponse logique.

– C'est parce que tu es jeune et forte. Et puis, je pense que je me suis surtout évanouie à cause du stress.

– Parce que papa te trompait avec Nikki, acquiesça Gabby. C'est compréhensible.

– Gabby, je pense pas que ce soit très juste de parler de ça avec toi, je passai la brosse dans ses longs cheveux noirs.

– Bon alors on arrête, elle me fixa dans le miroir. Il faut vraiment que je mette cette robe rose que t'as apportée ?

– Oui.

– Pfff. J'aime pas le rose. Pourquoi je peux pas porter du noir ? Ou de l'argenté ? Ou une cotte de mailles ? Je suis prête à parier que les chevaliers portaient leur armure pour manger. Ils se battaient tout le temps, en même temps, alors ils en avaient besoin. Pour se protéger, tu sais.

Je ne pus retenir un éclat de rire.

– Je suis sûre que tu as raison. Mais je n'ai malheureusement pas emporté de cotte de mailles, donc je crois qu'il va falloir que tu mettes ta robe rose.

Nous terminâmes de nous préparer dans la bonne humeur et descendîmes à la réception cinq minutes avant l'heure de notre réservation.

J'interpellai le maître d'hôtel en souriant.

– J'ai une réservation au nom de Jones.

– Ah, oui. Bienvenue, madame Jones. Si vous voulez bien me suivre, l'employé nous guida à travers le splendide restaurant avant de s'arrêter à une table au milieu de la pièce.

Il tira ma chaise, et je m'assis. Il plaça une serviette sur mes genoux avant d'installer Arianna, puis Gabby.

– Vous serez servies par Charles, qui vous rejoindra dans un instant, l'homme sourit, s'inclina légèrement, puis il disparut pour retourner à son poste.

Gabby rit.

– Arrête de faire la gamine, Arianna posa sa serviette sur ses genoux.

– J'y peux rien, je suis une gamine, Gabby leva les yeux au ciel puis elle me regarda en souriant. C'est la première fois qu'un serveur me tire ma chaise.

– Je te l'ai dit, c'est un restaurant de luxe.

Je lui fis un clin d'œil et regardai autour de moi, en notant que presque toutes les tables étaient occupées. J'avais eu de la chance d'avoir une réservation. On va se faire plaisir, les filles.

– C'est la première fois que je viens dans un restaurant comme ça.

Je souris en réponse au ton émerveillé d'Arianna. J'avais tapé dans le mille, et j'étais fière d'avoir organisé quelque chose dont elles se souviendraient toute leur vie.

– Voici la sélection de thés que vous avez commandée ainsi que vos sandwichs et pâtisseries, madame, le serveur posa plusieurs assiettes sur la table. Puis-je vous servir ? me demanda-t-il en me montrant la théière en argent qu'il tenait.

– Oui, s'il vous plaît, je le regardai verser du thé couleur caramel dans ma tasse, puis celle d'Arianna et Gabby.

– N'hésitez pas à me faire savoir si vous avez besoin d'autre chose, il s'inclina rapidement et nous laissa bientôt seules avec nos petites douceurs.

– Je sais pas quoi choisir, sourit Arianna.

– Goûte d'abord ton thé. C'est du Oolong qui je pense devrait vous plaire à toutes les deux. Vous pouvez aussi y ajouter un peu de lait ou de sucre si vous voulez, je pointai du doigt un petit pichet à lait ainsi que le récipient argenté dans lequel se trouvait le sucre.

– Regardez. Le sucre est en forme de fleurs, dit Gabby en prenant un cube bleu en forme de marguerite qu'elle plongea dans sa tasse en porcelaine.

– Je pense que je vais me contenter de lait, Arianna en versa quelques lichettes dans son thé avant de le remuer doucement. Elle en but une gorgée.

– Alors ?

– C'est bon. Ça manque peut-être un peu de sucre, elle mit un petit cube bleu en forme de marguerite dans sa tasse.

Je préférais mon thé nature, et je me contentai donc de

regarder les filles choisir quels sandwichs et pâtisseries mettre sur leur assiette.

– Tu devrais goûter ce sandwich maman. Il est sucré, dit Gabby.

– Ne parle pas la bouche pleine, je secouai la tête. C'est un sandwich au concombre. Il y a du fromage à la crème dedans.

– Tu pourras en faire à la maison ? demanda Arianna.

– Bien sûr. Les sandwichs et le thé n'ont rien de très compliqué. Par contre, il va falloir que je cherche une recette pour les scones et la crème caillée.

– La crème caillée ? répéta Arianna, le nez retroussé de dégoût.

– C'est ça, là. Et je t'assure que c'est bon, même si le nom n'a rien de très appétissant. Je te promets que tu aimeras, je pointai du doigt un récipient contenant une crème blanche.

Je mis un sandwich ainsi qu'un macaron à l'orange sur mon assiette. Je mangeai une bouchée du petit sandwich.

– Oh mon dieu ! Arianna se tendit dans son siège.

– Quoi ? je regardai Arianna, puis son assiette. Qu'est-ce qu'il y a ?

Je posai la main sur son bras.

– Elle est là, Arianna écarquilla les yeux, et je suivis son regard de l'autre côté de la pièce.

– Qui ?

Je fronçai les sourcils en balayant la pièce du regard. Veronica avait-elle trouvé un moyen d'avoir une table au Chez Pérez ?

– Ne la regarde pas, Arianna tourna brusquement la tête. Elle nous regarde.

– Mais qui nous regarde, Arianna ? Je comprends rien à ce que tu racontes.

– C'est elle. C'est Memphis, son visage s'illumina alors qu'un sourire resplendissant se glissait sur ses lèvres.

– La chanteuse ?

Je haussai un sourcil avant de me retourner. Je rencontrai immédiatement le regard d'une superbe jeune femme blonde. Je la reconnus pour l'avoir vue en photo sur internet.

– Arrête de la fixer ! me supplia Arianna. Elle va croire que tu la suis.

– Que je la suis ? J'ai une réservation. La seule chose qui m'intéresse ici, c'est ce macaron à l'orange, grognai-je en le fourrant dans ma bouche.

– Je veux la voir, Gabby se leva, le regard braqué sur la jeune femme.

– Gabby.

Arianna lui attrapa le bras pour la forcer à se rasseoir mais Gabby la repoussa.

– Maman, dis-lui d'arrêter.

– Gabby, assieds-toi et bois ton thé, intervins-je.

– Tu penses qu'elle acceptera de me donner un autographe ?

Gabby m'obéit mais elle continua à gigoter sur sa chaise pour apercevoir la chanteuse malgré tout.

– Je ne sais pas, ma chérie. Je pense qu'elle préférerait sans doute qu'on la laisse boire son thé tranquille, je bus une gorgée de Oolong. Arrêtez de la fixer toutes les deux, et mangez. Ce thé coûte un bras, alors j'aimerais bien que vous en profitiez un peu.

– Mais pourquoi t'es aussi calme ? me demanda Arianna, le regard noir.

– J'économise mon énergie pour le concert de demain.

– Je crois qu'elle vient vers nous, dit Gabby.

– Quoi ? Arianna vérifia avant de se tourner vers moi. Elle vient vers nous. Ayez l'air naturel.

– J'ai l'air naturel. Je bois mon thé, je haussai les épaules. Elle doit être en train de partir.

– Mais je veux un autographe, bouda Gabby.

Arianna se tendit alors que Memphis s'arrêtait à notre

table. Je reposai ma tasse de thé pour lui demander d'excuser les regards insistants de mes filles.

– Pardon, je suis…

– Je sais qui vous êtes. Vous êtes Memphis, je souris. Mes filles ont hâte de vous voir en concert demain soir.

Elle eut l'air surpris avant de sourire.

– Ce sont vos filles ? Elles sont magnifiques, dit-elle en regardant Arianna et Gabby tour à tour.

Arianna semblait avoir quitté son corps. Gabby releva la tête en souriant.

– Merci, voici Arianna, et Gabby.

– Salut Gabby, Memphis lui tendit la main que Gabby serra. Je suis ravie de te rencontrer.

– Moi aussi. Je peux avoir un autographe ? demanda Gabby rapidement.

– Gabby, intervins-je.

– Oh ne vous inquiétez pas, ça me fait plaisir, Memphis prit un menu en papier et sortit un stylo de son sac pour y gribouiller sa signature avant de le tendre à Gabby.

– Merci beaucoup. Je le montrerai à toutes mes copines à l'école.

– Et tu t'appelles Arianna, donc ? Memphis se tourna vers mon aînée. Un nom splendide pour une jeune fille splendide.

Elle lui tendit la main qu'Arianna serra d'un air ahuri.

– Merci, marmonna-t-elle. J'aime beaucoup votre nom aussi.

Memphis rit.

– Et bien quand on est de la famille d'Elvis, on a forcément un nom du Sud.

– Ça c'est bien vrai, je ris. Nous sommes venues un jour plus tôt pour que les filles puissent profiter un peu de la ville avant le concert.

– Et comment vous appelez-vous ?

Son regard profond rencontra le mien.

– Oh pardon. Je suis incorrigible. Je m'appelle Rachel. Rachel Jones.

Elle plissa les yeux en me tendant la main.

– Enchantée, Rachel.

– Moi de même, je lui serrai la main et fus surprise par sa force. Elle cachait bien son jeu, pour une jeune femme aussi fluette.

– Votre thé vous plaît ? demanda-t-elle en regardant les filles.

– Oui, répondirent-elles à l'unisson en prenant une nouvelle gorgée.

– Je sais que vous devez être très occupée. Je suis vraiment désolée de vous accaparer de la sorte.

Je me sentais mal à l'aise qu'elle reste debout à côté de notre table alors que nous étions toutes assises.

– Pas du tout. J'adore rencontrer mes fans. Ça vous dérange, si je me joins à vous ? elle murmura quelques mots à l'oreille de son garde du corps qui se hâta d'aller chercher une chaise.

– Bien sûr que non, nous serions ravies, dis-je.

Je déplaçai ma chaise pour qu'elle puisse s'asseoir à côté d'Arianna.

– Merci beaucoup, elle me lança un sourire magnifique alors que son garde du corps installait sa chaise à la table.

Memphis y prit place avec grâce avant de regarder les filles, puis moi.

– Vous êtes de Memphis, Rachel ?

– Non. Nous venons d'une petite ville dont vous n'avez probablement jamais entendu parler, répondis-je en riant.

– Je suis sûre du contraire. J'ai beaucoup voyagé, et je connais presque toutes les villes de ce pays, elle sourit.

– Nous sommes de Charming dans le...

– Mississippi, elle termina ma phrase. Son sourire se dissipa.

– C'est ça. Vous y êtes déjà allée ?

– Non, mais je vivais dans une petite ville assez similaire en Nouvelle Angleterre. C'était plus une communauté qu'autre chose, soupira-t-elle. J'étais jeune et amoureuse à l'époque. Je pensais que ça durerait toujours.

Elle haussa les épaules.

– J'ignorais que vous aviez un petit-ami, Arianna se pencha vers elle.

– C'est parce que je n'en ai pas. Plus. Il m'a brisé le cœur et m'a abandonnée…, elle soupira d'un air mélodramatique.

Je fronçai les sourcils. J'ignorais qu'il fallait aussi avoir un don d'acteur pour être chanteur, de nos jours.

– Je suis désolée de l'apprendre. Mais vous êtes jeune, vous avez encore le temps de trouver l'âme sœur, je posai la main sur son avant-bras.

Elle prit ma main dans la sienne, son regard plongé dans le mien.

– J'espère que vous avez raison.

Je me pinçai les lèvres. Elle ressemblait à une enfant perdue. Elle avait déjà tout ce dont on pouvait rêver : beauté, richesse, célébrité. Je ne doutais pas qu'elle n'aurait aucun mal à trouver un homme pour partager sa vie.

– Vous êtes mariée depuis longtemps ? elle me lança un regard plein d'espoir.

– Je suis divorcée, en fait.

Je jetai un coup d'œil aux filles. Elles semblaient encore complètement choquées que Memphis se soit assise à notre table.

– Oh, excusez-moi. Je ne voulais pas être indiscrète, elle lâcha ma main et détourna le regard, visiblement mal à l'aise.

– Ce n'est pas grave, j'acquiesçai. Nous adorons tous les deux les filles et nous nous entendons encore très bien.

Elle sourit timidement.

– Et il n'y a personne d'autre dans votre vie ? Pas de petit-ami ?

– Moi ? je ris. Non. Je n'ai pas le temps pour ça. Je me contente d'élever mes filles. C'est tout ce qui compte à mes yeux.

– J'imagine. Vous devez être une mère fantastique, elle regarda Arianna et Gabby. Vous avez de la chance, vous savez. J'ai perdu ma mère quand j'étais jeune.

– Ça a dû être difficile, dis-je d'un ton compatissant.

– Effectivement. Mais c'est la vie. Il faut se relever et continuer à avancer, quoi qu'il arrive, elle se tourna vers moi. Et puis, je ne m'inquiéterais pas si j'étais vous. Vous êtes superbe, je suis sûre que vous ne tarderez pas à avoir une foule de prétendants, elle rit.

– J'en doute, mais merci pour le compliment.

– Le seul type qui tourne autour de maman est ce jardinier flippant, intervint Arianna.

Memphis la regarda, les sourcils froncés.

– Jardinier ?

– Oui. Sauf que je ne l'ai jamais vu faire quoi que ce soit dans le jardin. Il est bizarre. On va se coucher, et le lendemain quand on se réveille, tous les parterres de fleurs ont été refaits, Arianna fixa son idole.

– Vraiment ? Ce doit être un oiseau de nuit, elle sourit.

– Je pense pas que ce soit un vrai jardinier, ajouta Gabby en prenant une bouchée de cookie. Je pense que c'est un sorcier.

– Ah oui, un sorcier ? Intéressant, Memphis se pencha vers elle. Et qu'est-ce qui te fait dire ça ?

– Gabby, l'avertis-je en me tournant vers Memphis. Elle a une imagination très fertile.

– Tant mieux, parce que moi aussi, elle sourit à Gabby.

Alors dis-moi, pourquoi est-ce que tu penses que c'est un sorcier ? Est-ce qu'il jette des sorts ?

– Je sais pas trop. Mais il porte un long manteau noir avec une capuche, elle haussa les épaules en léchant le glaçage de son cookie. Et il a ce regard... Le regard de ceux qui en savent beaucoup. Sur la magie.

Je regardai ma fille et Memphis tour à tour.

– Je suis vraiment désolée. Ce n'est qu'un ami. J'ai bien peur qu'il ne soit pas magicien, je pris une gorgée de thé, incapable de dissimuler mon agacement.

– Et ce magicien, tu penses qu'il aime ta maman, Gabby ? rit Memphis.

– Je crois, oui. Il l'a même portée jusqu'à son lit, elle haussa les épaules.

Je grognai.

– Ce n'est pas ce que vous croyez. Je m'étais évanouie, et il était là, voilà tout. Il m'a portée jusqu'à mon lit pour que je puisse me reposer.

Le sourire de Memphis avait disparu, et elle se tendit sur sa chaise. Elle regarda les filles avant de se tourner vers moi.

– Bref, vous devez avoir hâte d'être au concert de demain, je fourrai un mini sandwich au concombre dans ma bouche alors que mes joues chauffaient de honte. Elle devait me prendre pour une mère indigne.

Son visage s'illumina.

– Oui, beaucoup. Je dois y être en avance pour répéter. Vous pensez y aller vers quelle heure ?

– Et bien, les billets disent qu'on ne peut pas entrer avant sept heures. J'imagine qu'il y aura un peu de queue à l'entrée et que les gens vont se précipiter pour être au premier rang. Ça ne commence qu'à neuf heures, c'est ça ?

– Oui. Mais ne vous inquiétez pas trop de devoir jouer des coudes pour être devant. Je vous mettrai sur ma liste d'invités pour que vous puissiez entrer avant tout le monde, et vous pourrez même vous installer dans ma section privée.

– Vraiment ? demanda Arianna, choquée.

– Oui, vraiment, Memphis lui serra la main, un sourire radieux aux lèvres.

– Merci beaucoup. Mes copines seront super jalouses qu'on soit devant.

– Oui, c'est très généreux de votre part, mais il y a un problème, dis-je en reposant ma tasse dans sa coupelle.

– Un problème ? Memphis écarquilla les yeux.

– Et bien oui. Nous partageons notre chambre avec une autre maman et sa fille, qui ne seront là que demain soir. Nous avons prévu d'aller au concert ensemble.

– Oh, ce n'est pas un problème du tout. Je les ajouterai à la liste avec vous, répondit Memphis. Elle regarda mes filles. Et si vous ameniez Gabby et Arianna en avance ? Elles pourraient me regarder répéter, et je leur montrerai l'envers du décor et mon bus de tournée. De votre côté, vous attendrez votre amie et nous rejoindrez toutes ensemble.

Je lui répondis d'un sourire figé.

– Je ne sais pas…

– Maman, s'il te plaît, me supplia Arianna.

Gabby me prit la main.

– S'il te plaît, maman. C'est la première fois qu'on nous propose un truc pareil. On sera célèbres à l'école.

– Je n'aime pas tellement laisser mes filles avec des…

– Inconnus ? Memphis rit. Je comprends. Ça se voit, que vous êtes une bonne mère. Et vous avez raison de faire attention, on vit dans un monde de fous, elle lança un coup d'œil à son garde du corps par-dessus son épaule. C'est Marcus, l'un de mes nombreux gardes du corps. Il était dans l'armée.

– Bonjour Marcus, je souris à l'homme gigantesque. Ravie de vous rencontrer.

– Moi de même, madame, il acquiesça sans sourire pour

autant. Il était large d'épaules, et il portait un costume noir et des lunettes de soleil de la même couleur. Ses cheveux étaient coupés courts à la mode militaire, et son langage corporel laissait entrevoir une personne forte et disciplinée.

– Marcus pourrait emmener les filles jusqu'au lieu de l'événement dans mon van personnel.

– Oh s'il te plaît maman, Arianna me regarda comme si j'avais le pouvoir de réaliser son plus grand rêve.

– Oui, s'il te plaît, renchérit Gabby en applaudissant. C'est une opportunité unique. Et puis ça rendra tout le monde jaloux à l'école !

– Je ne sais pas, je me pinçai les lèvres en reposant ma tasse. Ça me gêne d'accepter, je sais combien vous allez être occupée avec toutes les préparations pour le concert, sans parler de vos répétitions.

– Ça ne me dérange pas du tout, elle soupira en s'appuyant contre le dossier de sa chaise. Au contraire, je serai ravie d'avoir un peu de compagnie. Je répéterai le matin, comme ça quand elles arriveront dans l'après-midi, je pourrai rester avec elle. C'est un peu comme si c'était vous, qui me faisiez une faveur en acceptant, elle sourit.

– S'il te plaîîîîît, me supplièrent Arianna et Gabby à l'unisson.

Gabby avait raison. C'était une opportunité unique. Et je ne serais ainsi pas forcée de laisser les filles avec Stéphanie pendant que j'irais prendre les photos que l'Oncle Stan m'avait demandées. Peut-être ma réticence était-elle uniquement due à ma méfiance insensée envers les autres. Les filles seraient en sécurité avec Memphis. Au moins autant que l'or à Fort Knox.

– Bon… je regardai mes filles qui avaient le souffle coupé. Vous êtes sûre que ça ne vous dérange pas ? je regardai Memphis. Elle semblait ravie.

– Bien sûr que non ! Je veillerai sur elles comme si c'était les miennes ! elle acquiesça.

– Dans ce cas... D'accord.

Les filles éclatèrent de joie, attirant par là même plus d'un regard sur notre table.

– Parfait ! Memphis joignit ses mains parfaitement manucurées. Donnez-moi votre numéro de portable. Je vous enverrai un message quand Marcus partira pour venir les récupérer.

Je m'exécutai rapidement, après quoi elle se leva.

– J'ai hâte d'être à demain. J'espère que vous passerez une bonne soirée, elle nous salua avant de quitter le restaurant, son garde du corps sur les talons.

CHAPITRE VINGT

Une fois les filles couchées, je sortis dans le couloir pour appeler l'Oncle Stan.

– L'opération est confirmée, me dit-il. J'ai besoin de vous au bar du Peabody aux alentours de six heures. Apparemment, le mari commence à boire tôt dans la soirée. Ne vous faites pas trop belle. Ce serait dommage que vous voliez la vedette à ma fille-appât.

– Je mettrai un jean et un t-shirt, c'était la tenue que j'avais emportée pour le concert. J'avais prévu de prendre les photos et de m'y rendre directement ensuite.

– Parfait. Ah, et ne vous asseyez pas au bar. Il faut que vous vous mettiez dans un coin où vous pourrez prendre des photos facilement sans que l'on vous remarque.

– Mais les gens vont forcément voir que j'ai un appareil, non ?

– Oui, mais le but est que vous vous fondiez dans la foule. Il faut que vous aillez l'air de vous préparer à aller visiter les alentours, ou un truc du genre. J'en sais rien, mais inventez quelque chose de crédible, au cas où on vous demande pour-quoi vous avez un appareil, même si je doute que quiconque prenne la peine de le faire. Je préfère que vous vous concentriez sur ces fichues photos.

– Vous pouvez compter sur moi, acquiesçai-je.

– J'espère bien, grogna-t-il. On vient encore de m'appeler pour votre travail. Le type a dit qu'il pouvait prendre en photo n'importe qui, n'importe où. Il est nouveau à Charming et il cherche du travail.

– Oui, et bien n'engagez personne d'autre. Je m'occupe de tout, dis-je en relevant la tête, confiante.

– Votre réponse sera la même si je vous demande de vous occuper d'un job pour Nikki ?

Un frisson glacé me traversa. Il ignorait que je l'avais suivie à son bureau.

– Et pourquoi Nikki aurait-elle besoin d'un détective privé ? demandai-je.

– Elle veut retrouver son mari.

– Mais je croyais que Brad avait laissé une lettre de suicide ? Il est plus que probable qu'il soit allé jusqu'au bout puisqu'il a disparu depuis des mois, non ? je me fis violence pour garder une voix calme malgré mon agitation.

Khalan avait assassiné Brad lorsque ce dernier m'avait tiré en pleine tête, convaincu que c'était moi, qui avait brisé son mariage avec Nikki.

Heureusement pour moi, les balles n'avaient pas le moindre effet sur les vampires. Khalan m'avait dit s'être débarrassé du corps et de la voiture de Brad, qui était sans doute recouverte de mon ADN.

Malgré tout, l'idée que Nikki cherche une preuve de la mort de Brad me mettait terriblement mal à l'aise.

– Elle a besoin d'un corps pour la compagnie d'assurance.

– J'imagine, grognai-je entre mes dents serrées.

– Elle a dû se dire qu'il était temps qu'elle prenne un peu son indépendance après vous avoir vue mettre votre mari sur la paille.

– Oui enfin, jusqu'à ce qu'elle trouve un autre connard pour lui vider les poches. Je me demande même si elle n'est pas encore avec Miles, dis-je soudain.

Si quelqu'un devait être au courant du statut de leur relation, ce devait être Stan. Il était l'équivalent de Google pour les potins de la ville.

– J'en doute. Il est bien trop occupé à travailler pour s'occuper d'elle maintenant, ricana-t-il. Je dois vous avouer que je suis surpris que vous vous préoccupiez encore de ce que fait votre mari et avec qui, Rachel.

– Mais j'en m'en fiche, mentis-je.

Je m'en fichais *presque*.

– Bref, je travaille sur quelques pistes en ce moment. Si je trouve quelque chose d'intéressant et que j'ai besoin de photos, je vous le ferai savoir, il raccrocha.

Je fixai mon téléphone en silence pendant quelques secondes. J'espérais que l'Oncle Stan parviendrait à rassembler suffisamment de preuves de la mort de Brad sans avoir besoin de retrouver son corps. C'était ce que je pouvais espérer de mieux.

Si la mort de Brad était tragique, j'étais heureuse d'être encore en vie, et que Khalan se soit occupé de lui pour que je ne sois pas forcée de devoir regarder par-dessus mon épaule ma vie entière, dans la crainte qu'il n'attente à mes jours à nouveau.

Khalan.

Je secouai la tête en retournant dans ma chambre. J'avais du pain sur la planche demain, et il était hors de question que je déçoive l'Oncle Stan.

CHAPITRE VINGT ET UN

Les filles se réveillèrent aux aurores. Elles étaient si excitées à l'idée de passer l'après-midi avec Memphis que j'eus même du mal à les convaincre de rester assises assez longtemps pour prendre leur petit-déjeuner. Nous avions encore plusieurs heures à tuer avant qu'on ne vienne les récupérer, et je décidai donc de les emmener se promener dans le centre-ville de Memphis pour canaliser leur énergie.

– Quand est-ce que Mary Beth et sa mère vont arriver ? demanda Arianna en léchant sa glace. J'avais cédé à leurs supplications et leur avais permis de manger une glace pour le déjeuner. Après tout, cette journée était spéciale.

J'étouffai un bâillement dans la paume de ma main. Les filles seraient récupérées à trois heures, ce qui me laisserait le temps de faire une sieste avant de descendre au bar de l'hôtel pour prendre mes photos.

– J'ai parlé à Stéphanie ce matin. Elles vont partir un peu plus tard que prévu et elles nous retrouveront directement au concert.

– Et tu lui as dit qu'on avait rencontré Memphis et qu'elle

nous avait invitées à passer l'après-midi avec elle ? renchérit Arianna, un sourire radieux aux lèvres.

– Elles doivent être super jalouses ! rit Gabby.

– Pas vraiment, j'évitai leur regard.

– Pourquoi pas ? Arianna fronça les sourcils.

– Et bien, Stéphanie pense que je n'aurais pas dû accepter de vous laisser y aller comme Memphis est une étrangère, techniquement.

La conversation que j'avais eue avec elle m'avait mise de mauvaise humeur. Elle me donnait toujours l'impression d'être une bonne à rien. Stéphanie semblait être une mère parfaite en tout point de vue, et nourrir des idéaux que je ne pourrai jamais atteindre. J'étais encore surprise qu'elle ait permis à sa fille de venir au concert.

– Elle est nulle, dit Arianna.

– Arianna, ce n'est pas gentil de dire ça, la réprimandai-je.

– Pourquoi ? Ne vas pas me dire que tu ne penses pas la même chose, elle croisa mon regard.

Elle n'avait pas tort, mais je ne pouvais lui avouer.

Je soupirai.

– Stéphanie est une maman poule, c'est tout.

– Je sais. Mary Beth n'arrête pas de dire que sa mère la rend folle. Elle dit qu'elle l'endoctrine au lieu de la laisser avoir ses propres opinions, Arianna lécha sa glace.

– Laissez-moi vous dire une chose les filles. Vous verrez combien c'est difficile d'élever des enfants quand vous en aurez vous-mêmes.

– Ce sera facile pour moi, intervint Gabby, les lèvres recouvertes de glace au chocolat. Je vivrai dans un château et j'aurai douze enfants.

– Douze ? j'écarquillai les yeux.

– Ouais, comme ça on pourra jouer tout le temps, et je leur apprendrai des trucs trop cool, comme le combat à l'épée, comment voler à dos de dragon et le Krav Maga.

– Le Krav Maga ? je fixai ma fille, incrédule.

– Bah oui, faut bien qu'ils sachent se défendre, me répondit-elle d'un air confiant en léchant sa glace.

J'éclatai de rire.

– Ce qui est sûr, c'est que moi j'en aurai pas douze. Je suis même pas sûre d'en avoir du tout, Arianna haussa les épaules.

– Vous avez encore le temps d'y penser. Il faut d'abord que vous terminiez l'école, que vous décidiez quoi faire plus tard, que vous alliez à l'université, que vous vous mariez…

Je ne pus m'empêcher d'être triste à l'idée que mes filles étaient en train de grandir. Le temps était passé si vite. Et nous étions à présent assises à la terrasse d'un café, à discuter de choses de grands, en nous rapprochant à toute vitesse de ce jour fatidique où elles n'auraient plus besoin de moi.

– J'aurais aimé que le sorcier vienne avec nous. Je suis sûre qu'il aurait adoré voir Memphis. Elle ferait une très belle princesse, dit Gabby.

Je grimaçai.

– D'abord, ce n'est pas un sorcier. Ensuite, je doute qu'il aime sa musique. Ou elle.

– Tous les hommes adorent Memphis, rétorqua Arianna.

– Oui et bien Khalan n'est pas comme tous les hommes, ricanai-je.

– T'as raison, Gabby releva la tête. Il est différent. C'est un sorcier.

Arianna leva les yeux au ciel, mais je ne corrigeai pas ma cadette, trop occupée à me demander si Khalan trouverait effectivement Memphis attirante. Elle me semblait trop joyeuse et extravertie pour lui, mais elle était aussi splendide, comme peu de femmes l'étaient.

– J'ai une autre surprise pour vous, les filles. Je nous ai réservé une manucure à l'hôtel.

– Sérieux ? Arianna me lança un regard reconnaissant. J'ai

pas eu le temps de me faire les ongles avant de partir, dit-elle en examinant ses mains.

– Je pourrai choisir la couleur que je veux ? Gabby me lança un regard suppliant.

– Tant que c'est pas bizarre, répondit Arianna.

– Bizarre comme quoi ? Gabby haussa un sourcil.

–Vert vomis ou crotte de dragon, Arianna lui tira la langue.

– Ce ne sont pas de vrais noms de vernis, intervins-je d'un ton blasé.

– Et bah ils devraient en faire, parce qu'elle choisit toujours les couleurs les plus moches, dit Arianna.

– C'est juste que je suis créative, et que je fais pas tout comme tout le monde. Et puis, crotte de dragon c'est un nom super cool pour un vernis. Ça ferait fuir tous mes ennemis jurés, Gabby braqua un regard déterminé sur sa glace.

– Même ta façon de parler est bizarre. Ennemis jurés ? Non mais qui dit ça ? Arianna retroussa le nez, dégoûtée.

– Khalan. Parce que c'est un sorcier, répondit Gabby sans sourciller.

J'eus du mal à étouffer mon éclat de rire.

– Et puisqu'on parle de ce type… Arianna se tourna vers moi.

– Sorcier, la corrigea Gabby.

– Qu'est-ce qui se passe entre vous, exactement ? Vous sortez ensemble ? continua Arianna, son regard perçant braqué sur moi, tel celui d'un faucon sur sa proie.

– Mais non ! Il ne se passe rien entre nous, dis-je rapidement. C'est le jardinier.

– Qui était justement là au moment où tu te disputais avec papa ? Sans parler du fait que tu t'es évanouie et qu'il t'a portée jusque dans ta chambre où vous avez fait Dieu sait quoi, renchérit Arianna d'une voix monocorde.

– Arianna ! je craignis un instant que ma mâchoire ne se décroche.

– Quoi ? Tu laisserais le jardinier *me* porter ? elle haussa un sourcil.

Gabby cessa de manger sa crème glacée pour attendre ma réponse.

Je soupirai.

– Écoutez, je vais être honnête avec vous.

– Alors tu sors vraiment avec lui ! Arianna avait l'air horrifiée.

– Mais non, pas du tout, je la fusillai du regard.

– Trop nul. J'aimerais bien avoir un sorcier comme beau-père, moi, bouda Gabby.

Je secouai la tête. J'étais en train de perdre le contrôle de cette conversation.

– Écoutez-moi bien, toutes les deux. Je ne sors pas avec Khalan, ni avec quiconque d'ailleurs. Si je rencontre quelqu'un un jour, vous serez les premières à le savoir. Pour ce qui est de Khalan, nous sommes juste amis.

Arianna leva les yeux au ciel.

– Je te le promets. Il a été là pour moi comme certains ne l'ont jamais été.

– Tu veux dire papa, répondit Arianna.

Je secouai la tête en soupirant.

– Vous savez, je n'ai pas été très soutenue pendant le divorce. Mais j'ai rencontré Khalan, et il m'a beaucoup aidée, comme je ne pensais même pas en avoir besoin.

– En te débarrassant de ton parterre de fleurs en forme de pénis, par exemple ? demanda Gabby d'un air enjoué.

Une passante me lança un regard méprisant.

– J'aimerais qu'on évite d'utiliser ce mot si possible, ma chérie.

J'avais engagé un paysagiste pour transformer mon parterre de fleurs en mascotte de l'université du Mississippi pour l'anniversaire de Miles, mais une tempête de neige s'était abattue sur la ville le soir-même, la transformant en un gigantesque pénis aux couilles bleues. J'avais ensuite découvert la liaison de Miles et avais complètement oublié de m'en occuper, jusqu'à ce que Khalan se charge de me débarrasser de cette horreur. Mais oui.

— C'est vrai que Khalan s'est occupé des fleurs. Et il est aussi passé de temps en temps pour s'assurer que je n'avais besoin de rien.

— Et toi, tu lui donnais quoi en échange ? Arianna plissa les yeux.

— Rien du tout, je fronçai les sourcils. Enfin, c'est vrai que je lui ai donné un coup de main une fois, avec des bébés coyotes dont la mère avait été abattue.

— Qui ferait une telle chose ? demanda Gabby, les lèvres tremblantes.

— Des chasseurs qui avaient envie de s'amuser, apparemment.

— Et les bébés ont survécu ? la voix d'Arianna n'était qu'un murmure.

— Oui. Et ils vont très bien.

— Mais qui s'occupe d'eux ? Pourquoi tu les as pas ramenés à la maison ? demanda Gabby.

— Une autre meute les a recueillis, je n'osai leur dire qu'il s'agissait d'une meute de loups-garous. Et si je ne les ai pas ramenés à la maison, c'est parce que ce sont des animaux sauvages. Ils doivent vivre dans la nature.

— Et il ne t'a jamais rien demandé d'autre ? Arianna haussa un sourcil.

— Non. Vous voyez, il n'y a rien entre nous. Et puis, je ne pense pas qu'il soit du genre à sortir avec des femmes, vous savez.

— T'as raison, dit Gabby après avoir réfléchi un instant.

– Pourquoi tu dis ça ? demandai-je en me tournant vers ma cadette.

– Ça a l'air d'être le genre de type qui n'aime qu'une personne. Il est loyal et serviable. Et super flippant. C'est une vraie qualité, Gabby acquiesça. Sans parler du fait que c'est un sorcier.

– Gabby...

J'aurais voulu lui dire que tout ça n'avait rien de vrai, mais j'étais fatiguée, et je rêvais de retrouver l'intérieur réconfortant de l'hôtel pour nous y faire faire une manucure.

Je jetai un coup d'œil à ma montre.

– On devrait rentrer.

CHAPITRE VINGT DEUX

– Soyez polies, et appelez-moi si vous avez besoin de quoi que ce soit.

J'enlaçai brièvement Arianna, puis Gabby. Je me tournai ensuite vers Marcus, qui se tenait à côté de la portière ouverte du van de Memphis, son expression solennelle imperturbable.

– On ne t'appellera pas, maman. On s'amusera bien trop pour ça, les yeux de Gabby brillaient de mille feux.

– Tu veux bien me prendre en photo, maman ? Arianna me tendit son téléphone.

Elle prit la pose à côté de Marcus, qui ne sourcilla pas.

Je pris une photo et lui rendis son téléphone. Je me tournai vers Gabby.

– Et toi, tu veux que je te prenne en photo avec Marcus ?

– Nan, j'attendrai qu'on soit dans le bus de tournée de Memphis, elle me lança un clin d'œil.

Je secouai la tête. J'espérais ne pas être en train de faire une erreur. La mise en garde de Stéphanie ne cessait de résonner dans mon esprit, elle qui m'avait dit que Memphis n'était qu'une étrangère, et qu'il était mal avisé de lui confier Gabby et Arianna.

– Arrête de flipper, maman, Arianna me lança un regard exaspéré. On en a à peine pour quelques heures. Et puis tu l'as dit toi-même, on t'appellera s'il faut que tu viennes plus tôt.

– Je sais, je sais. Mais je suis une maman. C'est mon travail de m'inquiéter. Vous êtes toute ma vie vous savez, je passai la main dans ses cheveux sombres.

– Madame, nous devons nous dépêcher d'y aller si on ne veut pas être pris dans les embouteillages, dit Marcus de sa voix monocorde.

– D'accord, je les enlaçai à nouveau tour à tour avant de les regarder monter à l'arrière du van aux vitres teintées. N'oubliez pas votre ceinture, leur rappelai-je.

Marcus ferma la portière derrière elle, puis il acquiesça dans ma direction. Il fit le tour de la voiture et se glissa sur le siège conducteur. Je regardai le SUV s'éloigner et disparaître au bout de la rue. Je fus incapable de ravaler la boule d'inquiétude qui me serra soudain la gorge. Je retournai à l'intérieur du Peabody pour me cacher des rayons taquins du soleil.

Je commençai à monter les escaliers menant à ma chambre, désireuse de faire une sieste pour être en forme lorsqu'il serait l'heure d'aller travailler, mais je me ravisai bientôt. Je serais incapable de trouver le sommeil à présent que les filles étaient parties. Je ne cesserais de m'inquiéter pour elles. Je m'arrêtai alors devant une pancarte détaillant les services du spa du Peabody. Mon regard s'arrêta sur la description du massage complet du corps.

Je décidai d'aller sur place voir s'ils pouvaient me prendre.

L'endroit était sombre et relaxant, et je m'y sentis immédiatement à l'aise.

– Je peux vous aider ? la réceptionniste était une femme d'âge mûr au regard doux.

– Oui. Je n'ai pas de rendez-vous, mais j'aurai aimé un massage complet du corps.

– Puis-je vous demander le numéro de votre chambre ? me demanda-t-elle en se tournant vers son écran d'ordinateur.

– Je séjourne dans la suite présidentielle.

– Oh, c'est l'une de nos plus belles chambres. Même si je dois dire que toutes les chambres du Peabody sont très confortables, elle sourit en se mettant à taper sur son clavier.

– Je suis désolée de débarquer à l'improviste.

– Ce n'est rien, ne vous inquiétez pas. Vous avez de la chance, Zena vient de terminer avec une cliente, elle releva la tête pour croiser mon regard.

– Parfait.

La réceptionniste se leva pour m'emmener aux vestiaires.

– Vous pouvez mettre vos affaires dans ce casier, et voici les peignoirs et les chaussons, me dit-elle en pointant du doigt un panier rempli de chaussons en-dessous d'une armoire où les peignoirs avaient été pliés avec soin. Une fois que vous serez changée, quelqu'un viendra vous chercher pour vous emmener dans la salle de massage. N'oubliez pas de boire beaucoup d'eau pour éliminer les toxines de votre système lorsque vous aurez terminé.

– Merci.

J'attendis qu'elle quitte la pièce pour aller chercher une paire de chaussons ainsi qu'un peignoir. J'ouvris mon casier et me changeai rapidement avant de ranger mes affaires. Je m'assis ensuite dans l'un des fauteuils rembourrés du vestiaire et regardai autour de moi. Une musique douce emplissait la pièce, et les lumières étaient tamisées. Une carafe d'eau glacée et des verres étaient posés sur la table, à côté d'une bougie dont la flamme dansait doucement.

Une fontaine coulait silencieusement contre l'un des murs, et j'aurais sans doute été tentée de fermer les yeux pour me reposer un instant si je n'avais pas été aussi inquiète pour mes enfants.

La porte s'ouvrit bientôt, et une jeune blonde qui devait avoir la vingtaine entra dans la pièce. Elle était grande et avait une peau parfaite.

– Vous devez être madame Jones. Je suis Zena, c'est moi qui m'occuperai de votre massage aujourd'hui, dit-elle dans un sourire. On y va ?

Je la suivis le long d'un couloir sombre dans l'une des petites salles de massage.

– Je vous laisse vous déshabiller et vous installer. Je commencerai par le devant, donc allongez-vous sur le dos s'il vous plaît. Vous pouvez pendre votre peignoir au crochet, elle ferma la porte derrière elle après avoir quitté la pièce.

Je m'exécutai et me déshabillai rapidement. J'étais nue, à l'exception de ma culotte. J'avais toujours préféré rester en sous-vêtement lorsque j'allais me faire masser.

Je m'installai sur la table et m'allongeai sur le dos. Il faisait bon, et l'obscurité qui régnait dans la pièce me détendit immédiatement.

La porte s'ouvrit doucement, et Zena entra à l'intérieur.

– Est-ce que vous souhaitez que je me concentre sur des endroits en particulier ?

– Pas vraiment, vous pouvez faire comme bon vous semble. Et vous pouvez y aller franchement, je ne suis pas douillette, je fermai les yeux.

Je l'entendis mettre de l'huile dans sa main avant de frotter ses paumes l'une contre l'autre. Elle me rejoignit alors et posa les mains de chaque côté de mon cou qu'elle se mit à masser doucement.

Mon esprit s'apaisa bientôt sous ses doigts de fée. Cela faisait une éternité que je n'avais pas été touchée par un être humain autre que mes filles. Peut-être était-ce aussi pour ça, que je me sentais attirée par Khalan depuis quelques temps. Il fallait que je sorte avec quelqu'un.

J'avais du mal à croire que les filles aient pu penser qu'il y avait quelque chose entre Khalan et moi. Elles ne le connaissaient pas aussi bien que moi. Khalan n'était pas du genre à entretenir des relations romantiques avec quiconque, et encore moins moi. Je doutais qu'il puisse fournir ce genre d'efforts. Il préférerait sans doute vivre avec des animaux dans la nature plutôt que d'être forcé de fréquenter des humains.

Je soupirai alors que Zena descendait le long de mon corps jusqu'à mes jambes. Quelques minutes plus tard, elle me murmura de me retourner sur le ventre et je m'exécutai lentement, parfaitement détendue alors qu'elle me massait le cou. Le massage, combiné à l'atmosphère tranquille de la pièce me plongea bientôt dans un profond sommeil.

L'image de Khalan s'infiltra soudain dans mon esprit. Il était torse nu au milieu de ma chambre d'hôtel, son regard noir braqué sur moi. Il avait des abdominaux de guerrier, et ses cheveux étaient détachés et tombaient autour de son visage. Je me sentis chauffer sous son regard.

– Viens là, il me tendit la main.

Une vague de désir me submergea soudain, et je fus incapable de résister à son appel. Je fis un pas, puis un autre dans la direction de mon Créateur, jusqu'à me tenir à quelques centimètres à peine de son corps gigantesque.

– Khalan, je murmurai son nom.

Il me caressa la joue. Ce simple geste suffit à me faire perdre pied. Mon cœur battait à tout rompre dans ma poitrine, et mon corps brûlait d'envie d'être au contact du sien.

Il se pencha vers moi, et je retins mon souffle. Il allait m'embrasser. Je le savais.

J'entrouvris les lèvres et je fermai les yeux.

– Rachel, il dit mon nom.

– Oui, je le suppliai en silence d'écraser ses lèvres contre les miennes, d'apaiser le mal qui me tendait tout le corps.

– Réveille-toi, putain.

Je me relevai en sursaut. Je fronçai les sourcils en regardant autour de moi.

Je me trouvais encore dans la salle de massage. Je me regardai dans le miroir. Mon visage était marqué par l'appuie-tête, et mes cheveux ébouriffés. J'avais l'air d'une folle échappée de l'asile.

Je me levai en prenant le drap de la table avec moi. Je passai rapidement mon peignoir et jetai un coup d'œil dans le couloir. Il était vide, et je me hâtai donc de rejoindre les vestiaires.

J'ouvris mon casier et attrapai mes vêtements avant de jeter un coup d'œil à ma montre. Mon cœur manqua un battement.

Il était presque six heures. Je devais être au bar prête à prendre mes photos à six heures et demie.

Je me hâtai de me rhabiller et peignai mes cheveux avec mes doigts avant de quitter les vestiaires d'un pas pressé pour rejoindre la réception.

– Votre massage vous a fait du bien ? la réceptionniste me sourit.

– C'était parfait, merci. Est-ce qu'il est possible de mettre ça sur la note de ma chambre ? je jetai un nouveau coup d'œil à ma montre.

– Bien sûr, elle tapa quelque chose sur son clavier. Voulez-vous un reçu ?

– S'il vous plaît, oui, j'allai devoir rembourser l'Oncle Stan. Je souris et me dépêchai de quitter le spa. Je rejoignis l'ascenseur le plus proche et enfonçai le bouton d'appel.

Je tapai du pied impatiemment en attendant que les portes s'ouvrent. Lorsque l'ascenseur arriva enfin, je fus agacée de constater qu'il était plein. Je dus attendre qu'il se vide avant d'y entrer.

J'appuyai sur le bouton de mon étage.

–Attendez ! m'interpella une voix féminine.

Elle glissa une main entre les portes avant qu'elles ne puissent se refermer.

J'appuyai sur le bouton d'ouverture des portes à contre cœur en ravalant un grognement.

– Merci, elle entra à l'intérieur en tirant une valise derrière elle.

– Quel étage ? demandai-je.

– Le quatrième, dit-elle.

Je levai les yeux au ciel. Elle devait descendre deux étages avant moi, ce qui ne ferait que me retarder davantage.

– J'adore le Peabody, la jeune femme sourit dans son ensemble rose. Son accent du Sud était si marqué que je devinai qu'elle devait être originaire de Charleston.

– Moi aussi, je souris en jetant un énième coup d'œil désespéré à ma montre.

L'ascenseur me semblait monter à vitesse d'escargot.

– Vous venez ici souvent ? me demanda-t-elle en jouant avec le collier de perles pendu à son cou.

– Quand je peux. Je suis venue avec mes filles pour le concert de Memphis, je lui souris poliment en regardant le chiffre des étages grimper.

– Ah oui, on en a beaucoup parlé aux nouvelles. J'ai entendu dire que tous les billets avaient été vendus. Je dois avouer que sa musique n'est pas trop mon style, mais elle a l'air d'avoir beaucoup de fans, elle sourit à nouveau.

– Effectivement, je laissai échapper un soupir de soulagement lorsque les portes de l'ascenseur s'ouvrirent enfin au quatrième étage. Bonne soirée.

Elle me fit signe avant de sortir.

J'attendis qu'elle s'éloigne pour appuyer sur le bouton de fermeture des portes puis sur celui de mon étage.

Une fois arrivée, je courus jusqu'à ma chambre.

CHAPITRE VINGT TROIS

Je me hâtai de récupérer mon appareil photo et me vêtis d'un t-shirt rose sur lequel les mots *Maman d'enfer* étaient inscrits en lettres noires. Je gardai mon jean et mes baskets pour éviter du perdre du temps que je pourrais mettre à profit pour me maquiller.

Je mis un peu de mascara et un gloss rose à la va-vite avant de quitter ma chambre d'un pas pressé.

Lorsque j'arrivai enfin en bas, le bar du lobby était déjà bondé. Je flirtai allègrement avec le barman, et lui confiai avoir besoin d'une table isolée. Il sourit et m'escorta à celle que j'avais repérée. Sa main s'attarda sur mon dos un instant.

Je fus instinctivement tentée de lui mettre une gifle, mais je me ravisai, craignant de causer une scène. Il fallait que je me fonde dans la foule.

Je lui lançai un sourire aguicheur et acceptai la serviette sur laquelle il avait griffonné son numéro de téléphone en lui promettant de l'appeler.

Je le regardai retourner au bar et jetai la serviette dans la poubelle la plus proche.

Enfin, je m'assis dans un soupir soulagé. Je posai mon sac

Louis Vuitton sur la table et en sortis mon appareil photo, que je posai sur mes genoux.

Je balayai la pièce du regard et remarquai plusieurs hommes d'affaires qui buvaient une bière au bar en discutant d'un air enjoué.

Je sortis la photo de Jonathan Lenderman et l'étudiai attentivement, avant de la glisser dans mon sac. Je regardai autour de moi une nouvelle fois pour trouver ma cible.

Je sirotais le verre de vin blanc que m'avait versé le barman lorsque je le vis enfin.

Il entra dans la pièce d'un pas pressé et se rendit directement au bar. Il n'était pas particulièrement bel homme, et son ventre de buveur de bière ne faisait que renforcer cette impression.

Je bus une nouvelle gorgée de vin en attendant qu'il s'asseye. Il se glissa sur l'une des tabourets de bar et fit signe au barman, qui lui versa ce qui me sembla être un verre de Scotch.

Il ne perdit pas une minute pour vider son verre avant de faire signe au barman de lui en verser un second.

L'employé semblait redoubler d'efforts pour paraître aimable, mais les rides qui bordaient son regard et sa bouche me laissaient à penser qu'il devait connaître les clients tels que Jonathan par cœur, et devait déjà se préparer à faire face à l'impolitesse de l'ivrogne.

Jonathan se retourna pour regarder la pièce, visiblement à la recherche d'une conquête d'un soir. Je baissai la tête, soudain accaparée par mon téléphone. Je savais qu'il ignorait qui j'étais, mais je n'avais aucune envie qu'il vienne me draguer à ma table. Je devais rester invisible.

Le bourdonnement des discussions environnantes m'enveloppa bientôt, et je pris une nouvelle gorgée de vin en relevant la tête. Jonathan était tourné vers une blonde qui avait pris place à ses côtés. Je ne parvins pas à voir son visage pour vérifier s'il s'agissait bien de la fille-appât. Si la couleur de cheveux était la même, cette femme-là semblait légèrement plus forte, et sa tenue n'avait rien de sexy ; des sandales brunes et un haut à fleurs.

Quelque chose me semblait familier chez elle, bien que j'étais incapable de déterminer quoi exactement.

Jonathan se rapprocha de la blonde, et elle lui dit quelque chose qui le fit rire. Il approcha davantage et glissa un bras autour de sa taille.

Le barman posa un verre de vin rouge devant elle alors qu'elle se blottissait contre ma cible.

J'orientai mon appareil vers eux en le laissant posé sur la table et m'assurai que l'image était nette. Une fois satisfaite de mon installation, je me redressai pour appuyer sur le bouton du déclencheur. Je pris plusieurs photos. Il me fallait un cliché de lui en train d'embrasser cette femme, un simple flirt ne suffirait pas. Je ne quittai pas le bar des yeux en attendant qu'il passe à l'action. La femme glissa quelque chose à l'oreille de Jonathan qui fit signe au barman de lui apporter l'addition. Il gribouilla quelque chose sur la note avant de se lever. Il regarda autour de lui, puis il se tourna vers la femme, que je vis sourire brièvement avant que ses cheveux ne retombent devant son visage.

Vraiment, quelque chose me semblait terriblement familier chez elle.

Je me levai en récupérant mon sac à main ainsi que mon appareil. Je laissai un billet de vingt sur ma table pour payer mon verre et les suivis à l'extérieur discrètement.

La femme fit tomber la clé de sa chambre qu'elle se pencha pour ramasser. Lorsqu'elle se redressa, Jonathan l'attira dans un coin sombre pour l'embrasser.

Les battements de mon cœur s'affolèrent. C'était ma chance. Je pris mon appareil et le pointai sur eux avant de prendre une photo. Clic. L'homme se tendit et il se retourna.

Son regard rencontra le mien. Je pris plusieurs autres photos. J'avais non seulement une photo de lui en train d'embrasser une femme qui n'était pas son épouse, mais j'avais aussi un cliché net de son visage.

– Rachel ? la femme sortit des ombres.

J'écarquillai les yeux.

Merde. C'était Carla, ma voisine.

– Quoi, tu la connais ? demanda Jonathan en me pointant du doigt.

– Qu'est-ce que tu fais ici, Rachel ? Carla passa une main dans ses cheveux blonds en détournant le regard. Tu ne vas pas dire à Cal que tu m'as vue embrasser un autre homme quand même si ?

– Cal ? C'est qui Cal ? grogna Jonathan.

– Je suis venue pour le concert, je fourrai mon appareil dans mon sac à main. J'emmène les filles voir Memphis, ma voix trembla.

– Et tu fais quoi avec cet appareil ?

Le regard de Carla se figea sur mon sac.

– C'est pour le concert, mentis-je.

– Mais t'es qui toi, putain ?

Jonathan fit un pas dans ma direction, un air presque maléfique sur le visage. Un frisson glacé me traversa.

– C'est Rachel Jones, ma voisine, intervint Carla.

Ses yeux étaient écarquillés par la peur.

– Et pourquoi tu m'as pris en photo ? me demanda Jonathan d'une voix menaçante.

– Je n'ai pris la photo de personne. Je m'assurais juste que mon appareil était bien réglé pour le concert ce soir, je jetai un coup d'œil à ma montre. D'ailleurs il faut que j'y aille si je ne veux pas être en retard.

Je tournai les talons pour partir lorsque Jonathan m'attrapa le bras.

– Tu ne vas nulle part, salope.

Je me retournai en le repoussant.

– Ne me touchez pas.

– Je fais ce que je veux, ses lèvres se fendirent en un sourire méprisant. Toi aussi t'as l'habitude de baiser avec des types rencontrés au bar, comme ta voisine Carla ? Je serai plus que ravi de vous avoir dans mon lit toutes les deux ce soir.

– Je ne suis pas intéressée, je serrai les poings en ravalant mon envie de le frapper.

– Rachel, tu ne diras rien à Cal, hein ? insista Carla en se glissant entre Jonathan et moi.

– Comment est-ce que tu voudrais que je dise quoi que ce soit à Cal ? Il est en prison, je reculai.

J'avais eu beaucoup de peine pour Carla lorsque Cal avait été arrêté. J'avais toujours pensé qu'elle n'était qu'une femme au foyer innocente, plongée dans une situation impossible par un mari stupide. Et voilà que je la trouvais prête à coucher avec le premier venu.

- Quoi ? Jonathan avait l'air incrédule. Tu m'as pas dit que t'étais mariée à un taulard.

– Techniquement, il n'a pas encore été jugé donc je ne suis pas certaine que le terme *taulard* soit vraiment approprié, rétorqua Carla.

– Il faut que j'y aille. Bonne soirée, je me tournai et commençai à m'éloigner d'un pas pressé. J'aurais pu retourner dans ma chambre un moment avant de partir pour le concert, mais je n'avais aucune envie de me trouver dans le même bâtiment que Carla à cet instant.

J'avais vraiment eu de la peine pour elle lorsque Cal avait été accusé de meurtre. Mais plus maintenant. Elle n'avait aucune excuse de coucher avec un homme marié alors qu'elle l'était encore elle-même, même si son époux était en prison.

– Rachel, attends, m'interpella Carla.

Je passai la porte. Le portier me sourit.

– Il me faudrait ma voiture, s'il vous plaît. Je suis dans la chambre 501.

– Tout de suite, madame, il prit ma clé avant de s'éloigner en courant.

– Rachel, s'il te plaît, Carla me rattrapa et posa une main sur mon épaule.

– Quoi ? je me tournai pour lui lancer un regard assassin.

– Ce n'est pas ce que tu crois, murmura-t-elle.

– Ah ouais ? Parce qu'il m'avait semblé voir ta langue dans la bouche de ce débile il y a pas deux minutes.

– J'ai pas eu le choix, elle regarda par-dessus son épaule pour s'assurer que Jonathan ne l'avait pas suivie. Il m'a promis de l'argent.

Elle regarda mon sac à main.

– Donc c'était un rendez-vous arrangé, c'est ça ?

– Oui, ça a été organisé par ce type de Memphis. Une relation sexuelle contre de l'argent.

Je lui lançai un regard ahuri.

– Donc les mecs te payent pour que…

– Je couche avec eux ? Oui, elle releva le menton. Pas besoin de te ressembler pour trouver des hommes prêts à payer pour des relations sexuelles. Sans parler du fait que certains hommes préfèrent les partenaires plus rondes, et avec de l'expérience.

Elle posa une main sur son ventre rebondi.

J'étais si choquée que je ne sus quoi répondre.

– Ne me juge pas, Rachel, elle baissa la tête. Qu'est-ce que tu fais ici ? Tu emmènes vraiment tes filles au concert de Memphis ?

Elle me lança un regard qui me laissa à penser qu'elle ne me croyait pas.

– Oui, je croisai les bras sur ma poitrine.

– Alors où sont-elles ? elle haussa un sourcil.

– Elles sont déjà là-bas. On a rencontré Memphis ici

quand on prenait le thé. Elle est venue à notre table et on s'est mises à discuter. Elle a proposé de venir récupérer les filles en avance pour leur faire voir l'envers du décor avant le concert.

Carla écarquilla les yeux.

– Et tu as accepté ?

– C'est pas comme si Memphis était une star du rock. C'est qu'une chanteuse pop, je me redressai. Je n'avais pas besoin qu'une personne telle que Carla vienne me juger.

– Tu as pas entendu les rumeurs qui courent à son sujet ? me demanda-t-elle d'un air sérieux.

– Quelles rumeurs ? ma bouche s'assécha, et je me sentis soudain mal à l'aise.

– Je suis tombée sur un site web consacré à Memphis. Ils disent qu'au moins une personne disparaît à chacun de ses concerts, elle se pencha vers moi. Ils disent qu'il est possible qu'elle soit dans le trafic d'êtres humains.

– Quoi ? je secouai la tête. Pourquoi est-ce qu'elle ferait ça ? Elle est déjà multimillionnaire. Elle possède des propriétés dans les quatre coins du monde. Ça n'a aucun sens.

– Et c'est exactement ce qu'elle a dit lorsque des journalistes lui ont demandé des comptes au sujet de ces disparitions, Carla haussa les épaules. Je te dis juste ce que j'ai entendu.

– Et ce serait pas ce même site web qui raconte qu'Hollywood est gouverné par des aliens venus de Saturne ? je haussai un sourcil.

– Ils viendraient d'Uranus selon eux, pas de Saturne. Et non, c'est un site différent, elle secoua la tête. Bon écoute, il faut que j'y retourne pour voir s'il est toujours intéressé. S'il te plait ne dis à personne que tu m'as vue ici.

– Carla, l'appelai-je, mais elle avait déjà passé les portes. Super, grognai-je.

J'allais devoir faire un choix. Donner la photo à Stan et garder mon job, ou lui dire que je n'avais pas réussi à avoir un cliché et être remplacée sur le champ.

Le valet arriva bientôt au volant de ma Volvo.

– Voilà, madame, il me tint la portière conducteur ouverte.

– Merci, je tirai un billet de cinq dollars de mon sac à main et le lui tendis. Il me remercia et referma la portière derrière moi.

Je passai la première et m'engageai sur la route en soupirant, la peur au ventre.

CHAPITRE VINGT QUATRE

Il faisait déjà nuit lorsque je trouvai enfin à me garer sur le parking du lieu du concert. J'avais tenté de dire à l'employé que Memphis devait m'avoir réservé une place, mais il n'avait rien trouvé en vérifiant sa liste. Elle devait m'avoir oubliée, et j'avais donc été forcée d'aller me garer à l'autre bout du parking.

J'ouvris le coffre de ma Volvo et en sortis cinq chaises de camping. Memphis m'avait promis que nous serions installées devant la scène. Il ne me restait donc plus qu'à entrer, déposer les chaises et aller retrouver mes filles.

Une fine particule de sueur recouvrait ma peau lorsque j'arrivai enfin à l'entrée. Je tendis mon billet au videur qui me fit signe d'entrer.

J'inspectai la foule de jeunes gens qui m'entouraient et me sentis soudain terriblement vieille. Je vis quelques mamans prendre des selfies avec leur fille, habillées de t-shirts qu'elles avaient décorés elles-mêmes à l'effigie de Memphis. Je jetai un coup d'œil à ma tenue et me maudis intérieurement de ne pas avoir fait plus d'efforts.

Je grimaçai alors que le murmure des conversations qui

filaient bon train me submergeait. Je me tournai vers la scène que je regardai un moment avant de me diriger vers elle.

– Salut poupée, me dit un jeune homme qui semblait avoir la vingtaine en me bousculant. Il puait la bière.

– Pardon, grognai-je.

– Bah tu vas où ? Tu peux venir t'asseoir à côté de moi, me cria-t-il.

– Je préférerais encore m'asseoir dans une flaque de boue, marmonnai-je.

J'accélérai le pas en me frayant un chemin à travers la foule.

La scène était bordée par deux écrans géants sur lesquels des vidéos de Memphis tournaient en boucle. Chacune montrait la chanteuse dans des poses sexy, vêtue de sequins.

Mon estomac se serra. Ce concert ne ressemblait en rien à ce que j'avais imaginé. Il était destiné à un public bien plus avisé que je ne l'avais imaginé. J'avais entendu les chansons de Memphis à la radio, et j'avais songé qu'étant donné que son public était principalement composé d'adolescentes, elle ferait en sorte d'adapter cet événement. Mais à en juger par les photos provocatrices qui défilaient sur les grands écrans, je m'étais trompée.

Je me dépêchai de rejoindre la scène. Lorsque j'y parvins enfin, je remarquai un endroit entouré par des cordons et gardé par des videurs de chaque côté.

– Bonjour, je suis Rachel Jones. Memphis devrait m'avoir réservé cinq places, dis-je en regardant l'homme habillé en noir.

Il sortit son téléphone et passa un appel. Après un instant, il releva le cordon et me fit signe d'avancer.

– Par-là, il me pointa du doigt l'endroit qui nous avait été attribué.

– Merci, je plissai les yeux.

L'équipe de Memphis ne respirait pas franchement la joie de vivre.

J'installai mes chaises rapidement. Une fois terminé, je me redressai et écartai les cheveux trempés de sueur qui me collaient au visage. Je soupirai ensuite longuement en regardant autour de moi.

Je tirai mon téléphone de mon sac et appelai Arianna. Elle ne répondit pas, et j'essayai donc de joindre Gabby.

– Rachel !

Je tournai les talons en reconnaissant la voix de Stéphanie.

Je raccrochai lorsque Gabby ne répondit pas non plus.

– Salut, viens ! je fis signe à l'agent de sécurité de la laisser passer.

Stéphanie lui lança un regard méfiant avant de se glisser sous le cordon, Mary Beth sur ses talons.

– Vous arrivez tôt, dis-je en regardant la foule. J'ai apporté des chaises pour vous.

– Oh, merci. J'ai complètement oublié, elle sourit en se tournant vers Mary Beth, qui regardait les alentours d'un air émerveillé, elle ne devait probablement jamais être allée à un concert auparavant. Où sont Arianna et Gabby ?

Mon estomac se serra. Je n'avais aucune envie de lui avouer que je n'en avais aucune idée.

– Elles sont avec Memphis dans son bus de tournée. Je vais aller les récupérer. Tu veux bien surveiller les affaires ?

– Bien sûr, elle sourit.

– Je peux venir ? J'aimerais bien rencontrer Memphis, supplia Mary Beth.

– Avec…

– Il en est hors de question, intervint Stéphanie. Mon amie se tourna vers moi, un sourire désolé aux lèvres. Pardon, mais je n'aime pas savoir Mary Beth avec une inconnue.

Les yeux de la fillette se remplirent de larmes. Elle avait l'air d'une enfant à qui on avait volé son chiot.

– Je comprends, je pris mon sac à main et me glissai sous le cordon.

J'étais à cran, avec Arianna et Gabby qui étaient injoignables et Stéphanie qui me donnait l'impression d'être une mauvaise mère.

J'observai la foule pour essayer d'apercevoir le bus de tournée.

En vain.

Je fus tentée d'aller demander à un agent de sécurité de me l'indiquer lorsque je vis Marcus.

Je courus vers lui, agrippée à mon sac à main.

– Marcus ! criai-je.

Il ne m'entendit pas, ou il choisit de m'ignorer.

Je restai agrippée à mon Louis Vuitton comme à un bouclier en me précipitant vers lui. Je ne le retrouverais pas si je le perdais dans la foule, je le savais.

Je bousculai plusieurs personnes au passage, mais je m'en moquais. Je devais retrouver mes filles.

Le garde du corps se glissa derrière la scène. Je tentai de le suivre, mais fus aussitôt arrêtée par deux gardes de sécurité.

– La scène est interdite au public, me réprimanda l'un d'eux en m'éloignant.

– Vous ne comprenez pas… Mes filles sont avec Memphis et je dois aller les récupérer, je me glissai sur la pointe des pieds pour regarder derrière lui. Marcus était entré dans l'un des gigantesques bus de tournée.

– Comment vous vous appelez ? il pencha la tête.

– Rachel. Rachel Jones.

Il sortit son téléphone pour envoyer un message rapide. Il reçut une réponse quelques secondes plus tard.

– Désolé madame, votre nom n'est sur aucune liste. Il faut que vous partiez.

Je me sentis rougir de colère.

– Il en est hors de question. Je veux récupérer mes enfants, sinon j'appelle la police.

Je me sentis soudain traversée par une vague de panique. J'avais l'impression d'être seule, sans défense. Je sortis mon téléphone de ma poche.

– Attendez, Marcus nous rejoignit d'un pas pressé. Madame Jones, suivez-moi je vous prie.

Je manquai de m'écrouler de soulagement.

– Merci, Marcus. Je commençais à m'inquiéter.

– Je suis désolé, madame Jones. Tout le monde n'est pas au courant de ce que fait Memphis. Ce ne sont que des gardes de sécurité locaux qu'on engage pour empêcher les gens d'approcher des bus de tournée.

Je plaquai une main contre mon cœur dont je tentai de maîtriser les battements affolés. Nous allâmes jusqu'à un bus de tournée noir et marron garé à quelques mètres de la scène. Deux hommes étaient postés de chaque côté de la porte, qu'ils ouvrirent lorsqu'ils virent Marcus approcher.

– Entrez, je vous en prie. Vos filles sont à l'intérieur.

– Merci, Marcus.

Je montai les marches quatre à quatre et fus immédiatement accueillie par une bouffée d'air froid. Je soupirai, soulagée que l'intérieur du bus soit climatisé. Je parvins en haut des escaliers et inspectai la cuisine ouverte sur un salon. Le sol et les surfaces étaient tous recouverts de marbre gris et blanc. La cuisine était équipée d'appareils haut de gamme, et les canapés en cuir blanc semblaient confortables. Une gigantesque télévision étaient suspendue au-dessus de la cheminée électrique.

– Hé oh ? j'entrai dans la cuisine et entendis une musique douce émaner du fond du bus. Je passai devant une salle de bain et des lits superposés pour arriver à la porte de la chambre principale qui était fermée.

Je frappai à la porte.

– Hé oh ? Arianna ? Gabby ? Vous êtes là ?

La porte s'ouvrit pour révéler Memphis, l'air surpris.

– Rachel. Je ne vous attendais pas si tôt.

Je jetai un coup d'œil à ma montre en grimaçant.

– En fait, je suis en retard. Je vous avais dit que je serais là plus tôt, mais les embouteillages étaient interminables et j'ai eu un mal fou à trouver une place de parking.

Je regardai l'intérieur de la chambre par-dessus son épaule.

– Où sont Arianna et Gabby ?

– Elles font une sieste. La journée a été longue, elles sont exténuées, me répondit-elle dans un sourire complaisant.

Un frisson me traversa.

– J'aimerais bien les voir, si ça ne vous dérange pas.

J'entrai sans attendre qu'elle m'invite et la repoussai lorsqu'elle tenta de m'en empêcher.

Je fus surprise par sa force, mais je refusais de me laisser intimider. J'étais plus âgée, un vampire et une mère. Je n'avais peur de rien ni personne.

Mon cœur manqua un battement alors que je remarquai l'odeur cuivrée du sang dans l'air ainsi que la minuscule goutte qui tâchait la couverture blanche du lit. Mes filles y étaient couchées, leurs joues tâchées de sang.

– Oh mon dieu, mais qu'est-ce qui s'est passé ? je courus vers elles et m'agenouillai au bord du lit.

J'entendis les battements de leur cœur. Ils étaient lents, mais forts.

– Arianna ? je pris son visage en coupe.

– Maman ? marmonna-t-elle, les yeux fermés.

J'inspectai son visage à la recherche de l'origine de tout ce sang. Mes doigts trouvèrent bientôt des petits trous sur son cou.

– Qu'avez-vous fait ? Qu'avez-vous fait ?! hurlai-je à Memphis.

Je me tournai vers Gabby et éloignai ses cheveux de son visage. Elle cligna des yeux et tenta de me parler, sans pour autant réussir à prononcer le moindre mot.

Toutes deux étaient confuses et groggy.

– Que leur avez-vous fait ? je fusillai Memphis du regard.

– Je les ai hypnotisées pour pouvoir goûter leur sang, ses lèvres pleines se fendirent en un sourire maléfique.

Putain de merde.

– Vous êtes un vampire, ses mots traversèrent mes lèvres avec un impact semblable à celui d'une bombe atomique.

– Et je sais qui vous êtes, son regard fou rencontra le mien. Vous voyez, vous avez quelque chose que je cherche depuis longtemps.

– Quoi donc ?

Je me glissai entre Memphis et mes enfants. Il était hors de question que je la laisse les toucher à nouveau.

Elle alla appuyer sur un interrupteur au fond de la pièce. Une porte s'ouvrit pour révéler une pièce secrète. Mon cœur manqua un battement.

– Khalan.

Il avait été attaché au mur comme le Christ sur la croix. Il était torse nu, et du sang avait coulé le long de sa bouche et jusqu'à ses abdominaux parfaitement dessinés. Ses longs cheveux noirs étaient trempés et emmêlés.

– Que lui avez-vous fait ?

– Vous devriez plutôt me demander ce qu'il m'a fait à *moi*, elle croisa les bras sur sa poitrine, le regard noir.

– Comment connaissez-vous Khalan ? ma gorge se serra.

– Je suis sa Créatrice, elle sourit, l'air mesquin.

– Créatrice ? Mais vous avez l'air d'être bien plus jeune que lui.

– Et ? J'existe depuis bien plus longtemps que Khalan. J'ai

même été l'un des premiers vampires d'Europe. Vous les Américains êtes si stupides... Vous croyez tout ce que vous lisez sur les réseaux sociaux.

Elle secoua la tête avant d'aller à un petit réfrigérateur qu'elle ouvrit pour en sortir un verre de vin gelé dans lequel elle versa un liquide sombre. L'odeur de sang frais emplit la pièce. Elle en prit une gorgée puis elle essuya les coins de sa bouche délicatement du bout des doigts.

– Qu'avez-vous fait à mes enfants ? je la suivis du regard alors qu'elle retournait auprès de Khalan.

– J'avais besoin d'elles pour atteindre ma progéniture. Quand je vous ai croisée au Peabody, j'ai senti le sang de Khalan sur vous. C'est l'un des petits avantages dont bénéficient les Créateurs. Et je connais bien mon Khalan. Je savais que la seule façon de l'attirer jusqu'à moi était de m'en prendre à vous... ou à quelqu'un proche de vous, elle se tourna vers les filles, un sourire aux lèvres. Et j'avais raison. À l'instant même où j'ai hypnotisé vos filles, j'ai entendu Khalan essayer de les localiser, elle fronça les sourcils en croisant mon regard. Ce ne sont pas des vampires, et pourtant Khalan a échangé du sang avec elles.

– Il a fait quoi ? je me tournai vers Khalan.

– Oh, il ne vous l'a pas dit ? elle rit. Comme c'est amusant. Je me demande ce qu'il vous a caché d'autre.

Elle retourna auprès de Khalan et caressa son torse du bout des doigts. Ses ongles entaillèrent sa peau, laissant derrière eux quelques gouttelettes de sang.

– Probablement tout, reprit-elle. Je suis née en France, et j'ai vécu dans de nombreux pays depuis. Mon père était un riche aristocrate, et nous voyagions beaucoup. Je rêvais de devenir chanteuse quand j'étais jeune. Je m'ennuyais des fêtes auxquelles nous allions si souvent, et j'avais une voix magnifique. Mais mon père ne m'aurait jamais autorisée à me donner en spectacle de la sorte. Une nuit, alors que nous voyagions en calèche, nous nous sommes fait arrêter par des bandits qui nous ont volé. Ils ont égorgé mes deux parents, mais ont épargné ma vie sur les ordres de leur chef. Il a offert de réaliser le moindre de mes rêves, à condition que j'accepte de l'épouser.

Je fixai Memphis et frissonnai tandis que son expression restait inchangée par les horreurs qu'elle me décrivait.

– Je suis désolée qu'il ait tué vos parents, dis-je en me glissant entre le vampire et mes enfants.

Une étincelle d'excitation apparut au fond de ses yeux.

– Je ne l'ai pas été, moi, un sourire maléfique traversa ses lèvres. Ils m'interdisaient tout. Ils se débrouillaient toujours pour faire de ma vie un enfer.

– Je suis sûre qu'ils essayaient seulement de vous protéger. C'est ce que font les parents aimants, intervins-je.

– Ils ne l'étaient pas. C'étaient des parents horribles, son regard s'assombrit. Ils voulaient me contrôler, me dire comment vivre ma vie. Cette nuit-là, j'ai été libérée par un inconnu. Un inconnu du nom d'Adelmo.

– Un vampire, je déglutis.

– C'était plus qu'un vampire. C'était mon sauveur, des larmes discrètes naquirent au coin de ses yeux alors qu'elle se remémorait son passé. Il m'a donné la vie que je méritais.

Elle but une gorgée de sang.

– Il a pris votre vie, répondis-je dans un murmure.

Son regard retrouva le mien.

– Il m'a offert l'argent, la célébrité et l'immortalité. Qu'aurais-je pu vouloir de plus ?

CHAPITRE VINGT CINQ

Un frisson glacé me traversa.

– Et quand avez-vous transformé Khalan ?

J'espérais arriver à la faire parler et gagner suffisamment de temps pour trouver un moyen de nous sortir, moi et mes enfants, de cet enfer.

– Khalan, elle se tourna vers mon Créateur encore attaché au mur. C'est une histoire fascinante.

– Je n'en doute pas.

Memphis sourit.

– Vous n'avez sans doute aucune idée de ce à quoi il ressemble sous sa barbe broussailleuse et ses longs cheveux, elle soupira. Lorsque je l'ai rencontré, il se rasait de près et était un homme respecté. Comme tous les hommes de foi, j'imagine.

J'écarquillai les yeux.

– Khalan était prêtre ?

– Un simple pasteur de campagne dans l'un des états de la Nouvelle Angleterre, elle fronça les sourcils. Le Massachusetts ou le Maine, je crois.

Je regardai Khalan. Je n'aurais jamais imaginé qu'un

homme tel que lui, qui détestait l'humanité avec une rage telle, ait pu être pasteur dans une autre vie.

– Je m'étais lassée d'Adelmo, alors j'ai pris un bateau pour venir aux États-Unis. C'était un nouveau pays, riche en opportunités et en sang frais, elle sourit.

– Et Adelmo n'a pas été fâché que vous partiez ? Il n'a pas essayé de vous suivre ?

– Comment aurait-il pu, avec un pieux dans le cœur ? rétorqua-t-elle sur le ton de la discussion.

J'écarquillai les yeux.

– Vous avez tué votre Créateur ? Je croyais que ça allait à l'encontre du code vampire ?

– Laissez-moi deviner… Vous êtes une mordue des séries fantastiques ? elle éclata de rire. On dirait que Khalan n'a pas été un très bon Créateur, s'il n'a même pas daigné vous expliquer les règles, elle haussa un sourcil.

– Disons juste que je ne suis pas une élève très assidue.

Je regardai mes filles par-dessus mon épaule. Toutes deux étaient encore endormies, mais je fus soulagée de constater que leur respiration était régulière.

– Et comment avez-vous rencontré Khalan ? je relançai la conversation en abordant un sujet que je savais passionner Memphis.

– J'étais de passage dans un village lorsque je l'ai vu sortir de sa petite église. Il saluait sa congrégation et il a attiré mon regard. Je n'avais jamais vu plus bel homme auparavant, elle prit une nouvelle gorgée de sang en jouant avec l'une de ses boucles blondes du bout de ses doigts aux ongles aiguisés tels des griffes. Je n'avais pas prévu de rester, mais j'étais tombée sous le charme. J'ai loué une chambre dans la maison d'une vieille dame qui vivait en ville, et je me suis mise à aller à l'église pour pouvoir le voir. Je n'ai pas fait le premier pas. Je savais qu'il m'avait vue, et je me suis donc contentée d'attendre qu'il vienne se présenter, comme tout homme devrait le faire.

– Et que s'est-il passé ?

Elle se pinça les lèvres, visiblement agacée.

– Il ne semblait pas décidé, et j'ai commencé à m'impatienter. Une nuit, je suis allée chez lui, dans cette petite maison perdue au milieu des champs. Imaginez ma surprise lorsque j'ai frappé à la porte, et que quelqu'un d'autre a répondu.

– Qui ?

C'était la première fois que j'en apprenais autant au sujet de Khalan. Il avait toujours été très secret, et je ne pus m'empêcher d'être fascinée malgré ma peur.

– Sa femme. Qui était enceinte.

– Sa femme ? J'ignorais qu'il avait été marié. Je me tournai vers Khalan. Il releva brièvement la tête avant de retomber dans les limbes.

– Apparemment, elle avait été alitée pendant une grande partie de sa grossesse. Elle m'a offert d'entrer lorsque je lui ai dit que j'étais venue voir Khalan. Elle pensait que j'avais besoin de conseils spirituels. Elle ne pouvait pas se douter que j'étais venue satisfaire un tout autre besoin.

– Mais il était marié, je la fusillai du regard. Marié, et sur le point de devenir père.

– Et ? elle haussa les épaules. J'ai convaincu Khalan de me suivre dehors pour parler. Une fois seuls, je lui ai avoué que j'avais des sentiments pour lui, et que je voulais être avec lui. Il m'a repoussée mais j'ai senti sa détermination vaciller à l'instant même où je l'ai embrassé.

Je me sentis soudain nauséeuse.

– Je lui ai dit que nous pouvions nous enfuir, commencer une nouvelle vie, ensemble. Je lui ai dit que j'étais riche et que je lui donnerai tout ce qu'il désirait, son expression s'assombrit. Il m'a répondu que ce baiser était une erreur, qu'il aimait sa femme et qu'il ne la quitterait jamais, elle se tendit et referma la main sur son verre de vin qui se brisa en mille morceaux, les éclats et le liquide rouge se répandant sur le sol du bus. Non mais vous y croyez, à ça ? Il m'a dit non. À moi !

– J'imagine que ça ne doit pas vous arriver très souvent.

Son regard assassin trouva le mien.

– On ne me dit jamais non. J'ai toujours ce que je veux. Et j'ai eu ce que je voulais, ce soir-là.

Je n'avais aucune envie d'entendre le reste de son histoire. Je ne désirais rien d'autre que de prendre mes enfants et de partir, à cet instant.

– J'ai transformé Khalan cette nuit-là. Après quoi, je l'ai hypnotisé pour qu'il vide sa femme de son sang. Il était inconsolable quand il a réalisé ce qu'il avait fait. Il a refusé de se nourrir pendant des semaines, jusqu'à ce que je l'attache et le force à boire du sang. Quand il a été suffisamment fort, il a tenté de me tuer, en vain. J'étais sa Créatrice, je pouvais entendre ses pensées. Je savais ce qu'il avait l'intention de faire avant même qu'il ne lève le petit doigt.

– Les Créateurs entendent les pensées de leur progéniture ? j'écarquillai les yeux. Merde.

– Bien sûr, mais uniquement lorsque les vampires que nous avons créés sont affaiblis par la soif de sang.

– Bon, et que s'est-il passé ensuite ?

– Nous nous sommes séparés lorsque Khalan m'a enfermée dans un cercueil en argent après m'avoir planté un pieux dans le cœur. Il m'a enterrée six pieds sous terre, dans un cimetière de Salem, dans le Massachusetts. Il a dû penser que la privation de sang finirait par me tuer. Il n'avait sans doute pas imaginé que je survivrais pendant des siècles, jusqu'à ce qu'un employé de salon funéraire me déterre. Ma tombe n'avait pas été marquée. Il pensait en creuser une nouvelle, mais il a trouvé mon cercueil et il l'a ouvert, elle rit. Vous auriez dû voir sa tête quand il m'a vue, complètement décrépie, un pieux dans le cœur. J'ai festoyé sur son corps jusqu'à ce qu'il n'en reste rien.

Je frissonnai.

– Et comment avez-vous retrouvé Khalan ?

Un sourire sinistre fendit ses lèvres.

– Une fois sortie de Salem, j'ai voyagé à travers tous les États-Unis pour le retrouver. J'étais sur le point d'abandonner quand une nuit, je l'ai senti, elle me fusilla du regard. Je l'ai senti quand il vous a transformée en vampire.

Mon cœur manqua un battement.

– Les Créateurs partagent un lien unique avec les vampires qu'ils créent. Quand leur progéniture engendre un autre vampire, on perçoit une sorte d'écho. Je l'ai senti cette nuit-là, où il a neigé dans le Sud.

Je me sentis défaillir et m'appuyai contre le mur pour ne pas m'écrouler.

Elle pencha la tête.

– Khalan n'avait jamais transformé quiconque en vampire, en dépit de toutes ces années passées dans la solitude, à vivre comme un ermite. Il a survécu seul, tout ce temps… jusqu'à ce qu'il vous rencontre. Et c'est pour ça que je sais que même si c'est grâce à vous que j'ai pu le retrouver, vous êtes aussi ma plus grande menace. Je n'aime pas la compétition. D'autant plus lorsqu'il s'agit du cœur de mon âme sœur, son regard se fit menaçant.

– Attendez, je crois qu'il y a un malentendu, intervins-je.

– Ah oui ? Dites-moi alors, pourquoi a-t-il accepté de prendre autant de risques pour vous transformer ? Et pourquoi a-t-il donné son sang à vos enfants, afin de pouvoir toujours les retrouver ? Vous avez l'air de filer une parfaite petite vie de famille, rétorqua-t-elle, la mâchoire serrée.

– Je vous assure que non. Khalan me déteste. Il n'arrête pas de me dire que je suis nulle comme vampire.

Je me tus, les yeux écarquillés, et me tournai vers mes

enfants. Elles dormaient encore à poings fermés, et j'espérai qu'elles auraient tout oublié de cette journée lorsqu'elles se réveilleraient demain. Et puis pourquoi est-ce que vous voulez être avec quelqu'un qui vous a planté un pieux dans le cœur ?

– Khalan m'aime. Il ne le sait pas encore, c'est tout. Il est devenu fou lorsque je l'ai forcé à tuer sa femme, mais comme on dit, le temps soigne toutes les blessures. Et maintenant que je l'ai enfin retrouvé, nous allons pouvoir être ensemble. Comme je l'ai toujours voulu.

Elle se mit à chantonner l'air de son dernier hit en écorchant le torse de mon Créateur du bout des ongles.

Et pour la première fois depuis que j'avais entendu cette chanson, j'écoutai les paroles avec attention.

À l'instant même où nous nous sommes rencontrés, tu es devenu mon obsession,

J'espérais l'amour et l'ai trouvé dans tes yeux.

J'avais juré que notre idylle durerait toujours lorsque tu m'as brisé le cœur,

Et je suis à présent perdue dans ce monde que je ne connais plus.

Je suis la Tentatrice de Memphis.

La seule et l'unique.

Ton âme sœur, celle que tu aimeras à tout jamais.

Je t'ai enfin retrouvé et je suis déterminée.

Je te forcerai à te prosterner devant moi,

Et tu me supplieras de ne jamais plus te quitter.

Je te montrerai l'étendue de ton erreur.

Je suis la Tentatrice de Memphis.

La seule et l'unique.

Ton âme sœur, celle que tu aimeras à tout jamais.

Ma colère est omnipotente,

Et je te ferai regretter de m'avoir brisé le cœur.

C'est à mon tour de te montrer ce à quoi ressemble l'Enfer,

Lorsque tu seras entre mes mains, brisé.

J'écarquillai les yeux.

– Cette chanson, *Tentatrice de Memphis*, vous l'avez écrite pour Khalan !

– Ding, ding, ding. Vous n'êtes pas aussi stupide que vous en avez l'air.

Elle fit un pas vers moi.

Je me sentis paniquer.

– Et toutes ces histoires qu'on raconte à votre sujet, elles sont vraies ? Vous profitez de vos concerts pour enlever des gens et boire leur sang, c'est ça ?

– Évidemment, elle leva les yeux au ciel. C'est un crime de gâcher, avec toutes ces adolescentes qui se jettent à mes pieds. Je préfère le sang jeune à celui des vieilles peaux dans votre genre.

Je la fusillai du regard.

– Khalan ne semble pas penser que je sois une vieille peau, lui.

Elle écarquilla les yeux, visiblement furieuse. J'avais touché un point sensible.

Elle se jeta sur moi et me fit tomber par terre avant de poser les mains sur mon cou qu'elle se mit à serrer de plus en plus fort, me privant d'air.

Mais j'avais une force, une raison de vivre qu'elle n'aurait jamais. J'étais une mère, et une battante. Et il faudrait que l'Enfer gèle avant que je ne laisse quiconque s'en prendre à ma famille.

Je m'agrippai à ses cheveux blonds et les tirai violemment pour la forcer à me lâcher. Elle hurla, et j'en profitai pour lui taper la tête contre le rebord du lit. Elle s'éloigna en grognant, avant de braquer son regard maléfique sur moi, un sourire aux lèvres.

– Espèce de connasse. Tu ne peux pas me tuer. Je suis déjà morte.

– Moi je peux ! entendis-je crier une voix quelques instants avant que Stéphanie n'entre dans la chambre, armée d'un crucifix et de ce qui semblait être une bouteille d'eau bénite.

Je la regardai médusée, choquée de la voir ici. Et je regrettai amèrement ma seconde d'inattention lorsque Memphis m'asséna un violent coup de poing.

– Au nom de…

Stéphanie ne put terminer son cri de guerre avant que Memphis ne se relève.

– Non mais tu te fous de ma gueule, toi ? Tu sais à qui t'as affaire ? hurla la starlette, les yeux écarquillés.

– Le Seigneur est mon berger !

Stéphanie jeta de l'eau bénite au visage de Memphis, qui hurla de colère.

– Mes cheveux ! Il faut des heures pour les coiffer !

Memphis se précipita sur Stéphanie, le regard noir de haine.

– Maman ? Mary Beth entra quelques instants après sa mère. Qu'est-ce qui se passe ?

Memphis se tourna vers l'enfant, un sourire ravi aux lèvres.

– Parfait. Une autre innocente pour la soirée.

– Touchez à ma fille et je vous tue, Stéphanie lança un coup d'œil à sa fille par-dessus son épaule. Va-t'en, Mary Beth.

– Mais non, ma chérie, reste. On commençait justement à s'amuser.

Le courage de Stéphanie s'évapora immédiatement et elle tourna les talons, prête à s'enfuir, lorsqu'elle glissa sur le sang que Memphis avait renversé par terre.

– J'ai déjà appelé les flics, bafouilla-t-elle. Ils sont en chemin.

– Les flics de cette ville me mangent dans la main, stupide mortelle, rétorqua Memphis.

Elle se mit à avancer vers Stéphanie et je profitai qu'elle ait oublié ma présence pour récupérer son crucifix. Surprise par son poids, je frappai Memphis de toutes mes forces. Elle trébucha et vacilla quelques secondes, sans pour autant tomber. Je la frappai à nouveau alors qu'elle se tournai vers moi. Cette fois, elle s'écroula sur le sol du bus de tournée, inerte.

– Tu l'as tuée, tu crois ?

Memphis grogna en essayant de se relever.

– Je ne crois pas. Il faut qu'on se dépêche d'y aller, je courus vers mes filles. Tu peux me donner un coup de main ?

– Oh mon dieu, mais qu'est-ce qui s'est passé ? demanda Stéphanie, les yeux écarquillés alors qu'elle regardait Gabby et Arianna. Je le savais. Je savais que Memphis était maléfique.

– Ah ouais ?

J'aidai Arianna à se relever tandis que Stéphanie et Mary Beth s'occupaient de Gabby.

– Elle fait dans le trafic d'enfants. Elle les enlève à ses concerts et les vend à des satanistes qui les sacrifient au Diable, Stéphanie acquiesça. Je le savais depuis le début. Mais tout le monde pensait que j'étais folle.

Un silence pesant tomba sur le bus de tournée, bientôt brisé par le cri de Mary Beth.

– Maman !

Je me tournai pour suivre son regard.

– Oh mon dieu. Elle voulait sacrifier un homme, Stéphanie plaqua une main contre sa bouche en reculant.

– Je sais, soupirai-je. Écoute, on peut pas le laisser ici. Est-ce que ça te dérangerais d'emmener Arianna et Gabby à ma voiture ? Il faut que je le sorte de là avant que Memphis reprenne ses esprits.

Je n'attendis pas qu'elle me réponde pour lui fourrer mon sac à main dans les bras.

– Mais je peux pas te laisser toute seule, implora Stéphanie.

– Fais sortir les filles. J'ai besoin de savoir qu'elles sont en sécurité, lui rétorquai-je, le regard dur.

– Bon, d'accord. Où est-ce que tu t'es garée ?

– Tout au bout de ce fichu parking. Déclenche l'alarme incendie une fois que tu y es, d'accord ? Je vous rejoins dès que possible. Allez, vite !

Je lui tournai le dos en espérant que Stéphanie comprendrait que notre discussion était terminée.

– On t'attend là-bas, dit-elle par-dessus son épaule avant de sortir en courant, accompagnée des filles.

Je me hâtai d'aller auprès de Khalan. Il était pâle comme un linge.

Il releva la tête quelques instants pour croiser mon regard.

– Charogne.

– Oh mon dieu Khalan, mais qu'est-ce qu'elle t'a fait ?

– Il faut que tu partes avant qu'elle reprenne ses esprits.

– Mais je ne peux pas te laisser là, elle va te tuer.

Des larmes vinrent me brûler les yeux et j'effleurai les coupures qui couvraient son torse du bout des doigts.

– Si j'ai de la chance, oui, elle me tuera, marmonna-t-il en esquissant un faible sourire.

– Je pars pas sans toi.

– Je suis ton Créateur, et je t'ordonne de sortir d'ici, grogna-t-il.

– Parce que je t'écoute, d'habitude ? je lui souris. Maintenant tais-toi et dis-moi comment je peux te libérer.

Il me fixa en silence un instant avant d'enfin répondre :

– Il faut que tu retires les clous avec le marteau en faisant levier, son regard se posa sur l'outil posé à ses pieds.

Mon estomac se retourna. Je n'avais pas le choix.

Je ramassai le marteau. Il me sembla peser une tonne, comme mon cœur.

Je ravalai ma révulsion en me mettant à genoux et je regardai Khalan.

– Je vais essayer de ne pas trop te faire mal.

– J'ai connu pire, murmura Khalan.

Je tirai sur le clou aussi fort que possible jusqu'à ce qu'il sorte enfin du mur, traversant par là même la peau de Khalan. Je le regardai. Son front était trompé de sueur, mais il ne dit pas un mot.

– Encore un.

Je me tournai vers le second clou lorsqu'une douleur aveuglante traversa mon dos. Je laissai tomber le marteau en hurlant. Je me retournai pour faire face à Memphis qui avait visiblement retrouvé ses forces et tenait un hachoir couvert de sang. Mon sang.

– Espèce de petite salope. Tu penses vraiment que je vais laisser une pimbêche dans ton genre se mettre entre moi et Khalan ? Je vais te découper en morceaux et l'hypnotiser pour qu'il mange jusqu'à la dernière miette.

Elle brandit le hachoir au-dessus de sa tête, prête à frapper, mais je me jetai sur elle et la fis tomber sur le lit.

Une étincelle maléfique apparut au fond de son regard, et elle tenta de se redresser, l'air furieux. J'attrapai ses bras pour l'empêcher de me frapper et elle hurla en me mordant la main.

Je sursautai en grimaçant . Memphis profita de ce moment d'inattention pour reprendre le dessus. Elle s'assit à califourchon sur moi et récupéra son hachoir, le regard fou.

Ma vie défila sous mes yeux. Je revis la naissance de mes enfants. Les multiples fêtes d'anniversaire et soirées. Je les entendis rire dans le jardin en jouant dans la piscine. Je me revis veiller sur elles à la nuit tombée. Et Khalan me portant dans ses bras alors que je pleurais à chaudes larmes.

– Je vais te refaire le portrait pour voir ce que Khalan en pense, ricana Memphis.

Elle s'apprêtait à me frapper lorsqu'un couteau traversa sa gorge. Son expression changea immédiatement, laissant transparaître sa surprise. Elle laissa tomber son hachoir pour agripper son cou, paniquée. Du sang lui coulait de la bouche et du nez. Je relevai la tête pour croiser le regard noir de Khalan.

Il récupéra le hachoir de Memphis avec lequel il lui trancha la tête d'un coup sec. Je remarquai alors qu'un clou était toujours planté dans son poignet et que du sang coulait de ses blessures.

– Je croyais qu'on pouvait pas tuer son Créateur ?

– T'imagines pas tout ce qu'on peut faire avec un peu de détermination.

Il tenait encore la tête de Memphis dans la main, qu'il jeta sur le lit d'un air dégoûté.

– Tirons-nous d'ici.

– Pas avant d'en avoir définitivement terminé, il alla récupérer un bidon d'essence dans la cuisine avant de revenir à mes côtés. Il faut qu'on crame ce bus pour faire disparaître les preuves.

Il aspergea chaque pièce puis il craqua une allumette, faisant danser les flammes à l'intérieur du bus.

– Allons-y, il passa un bras ensanglanté autour de ma taille et me poussa à l'extérieur.

Je fus surprise de ne croiser aucun garde de sécurité, et devinai qu'ils devaient être occupés avec la préparation du concert.

Je me tournai vers Khalan.

– Faut qu'on te trouve un t-shirt, tu pisses le sang.

Nous passâmes devant une tente et je me glissai à l'intérieur. Divers objets à l'effigie de Memphis y étaient entreposés, et je récupérai un t-shirt noir en taille XL, avec la tête de la chanteuse imprimée sur le devant.

Je retournai dehors et le jetai à Khalan.

– Mets ça.

Il me lança un regard désabusé.

– Non.

– Tu veux que je t'aide, peut-être ?

Il grogna avant d'enfiler le t-shirt qui paraissait trop petit sur son corps musclé.

– J'ai l'air d'un bouffon.

– Non, t'as l'air d'un fan. Ça évitera qu'on te remarque, je passai un bras autour de sa taille et nous nous mîmes en route vers la sortie.

Je retins mon souffle, en espérant que personne ne nous arrêterait ou ne nous interpellerait. Nous étions presque dehors lorsque le même type qui m'avait bousculée à mon arrivée vint vers nous.

– Salut poupée. Je t'ai gardé un siège.

– Je...

Khalan lui asséna un coup de poing sans un mot. Le type tomba par terre tel un arbre foudroyé.

– Elle est déjà prise, grogna-t-il.

Je me pinçai les lèvres pour ravaler mon sourire.

CHAPITRE VINGT SIX

Nous retrouvâmes Stéphanie, Mary Beth, Arianna et Gabby à ma voiture.

– Oh mon dieu, vous êtes là. J'étais morte d'inquiétude, Stéphanie se précipita vers moi pour m'enlacer, avant de se tourner vers Khalan. Vous fréquentez Memphis ? Vous participez à son trafic ?

– Mais bien sûr que non, Stéphanie.

– Alors qu'est-ce qu'il faisait dans son bus ? rétorqua-t-elle, l'air dubitatif.

– Il essayait de sauver Gabby et Arianna, dis-je.

Stéphanie fronça les sourcils.

– C'est Khalan, mon... ami, le mot *Créateur* manqua de m'échapper. Il était inquiet quand je lui ai dit que j'avais accepté de laisser les filles avec Memphis. Il était comme toi, il avait un mauvais pressentiment. Alors il est venu pour s'assurer qu'elles allaient bien. Elle voulait le tuer pour l'empêcher de parler.

– Je le savais ! répondit Stéphanie, triomphante. Je savais que je n'étais pas la seule à savoir que c'était un monstre, elle regarda Khalan. Il faut qu'on aille à l'hôpital.

– Il vaudrait mieux que toi et Mary Beth alliez vous reposer à l'hôtel. Moi de mon côté, j'emmène tout le monde à l'hôpital pour s'assurer que tout va bien, dis-je.

– Mais je peux pas te laisser seule, Stéphanie écarquilla les yeux.

– Je lui donnerai un coup de main. Et puis, votre fille doit avoir un tas de questions à vous poser. Elle a l'air complètement terrifiée, la voix de Khalan était douce et calme.

Stéphanie se mordilla la lèvre inférieure en se tournant vers ma Volvo. Mary Beth était collée contre la vitre, le visage pâle et les yeux écarquillés.

– Vous avez raison, mon amie posa une main rassurante sur mon bras. Merci de m'avoir crue, Rachel. Et merci de m'avoir sauvé la vie. Memphis m'aurait tuée si tu n'avais pas été là, c'est sûr. J'ai vu le mal dans ses yeux, Stéphanie m'enlaça. Je ne pense pas rester à Memphis. Je préfère rentrer ce soir.

– Je comprends, je la regardai en souriant.

– N'hésite pas à m'appeler si tu as besoin de parler. Je suis là pour toi.

Elle fit signe à Mary Beth de sortir de la voiture, et je les suivis du regard alors qu'elles se dirigeaient vers la leur.

Khalan ouvrit ma portière arrière.

– Qu'est-ce qu'elle leur a fait ? Elles vont se remettre ? demandai-je, anxieuse.

– Elle ne les a pas transformées, si c'est ce qui t'inquiète. Elle a juste bu leur sang pour essayer de me localiser. Ce qu'elle ne savait pas, c'est que j'avais donné mon sang aux filles avant de quitter la ville.

– Elle m'en a parlé. Mais pourquoi t'as fait ça ? je le regardai.

– Pour pouvoir garder un œil sur elles, et sur toi. Heureusement que je l'ai fait d'ailleurs, sinon je ne les aurais jamais retrouvées à temps, il me sourit. Ne t'inquiète pas, mon sang ne leur fera rien.

– Bon et est-ce que je dois les emmener à l'hôpital ? je caressai les cheveux d'Arianna.

– Non. Mais il faut que je les hypnotise pour qu'elles oublient ce qui s'est passé ce soir.

Il me fixa pour me demander mon accord en silence.

– Bon, d'accord. Mais donne-leur de jolis souvenirs.

Il se pencha au-dessus d'Arianna et écarta ses cheveux de son visage.

– Ouvre les yeux, Arianna.

Ses paupières papillonnèrent doucement, et elle rencontra son regard.

Khalan s'approcha davantage et lui murmura quelque chose à l'oreille que je fus incapable de déchiffrer malgré mon ouïe vampirique.

Il s'éloigna enfin et lui mit sa ceinture de sécurité avant de faire le tour de la voiture pour aller du côté de Gabby.

Il me regarda.

– Allons-y. Je rentre avec toi pour t'aider à monter les filles dans la chambre.

J'acquiesçai et me glissai derrière le volant. Le hurlement lointain de sirènes me fit soudain sursauter, et je me tournai pour regarder par la fenêtre du coffre. Les flammes qui enveloppaient le bus étaient gigantesques, tant et si bien que je n'eus aucun mal à les voir du parking. Je mis le contact et jetai un coup d'œil à ma cadette dans mon rétroviseur. Khalan lui murmurait quelque chose à l'oreille, comme il l'avait fait avec Arianna. Puis, il lui enfila sa ceinture avant de se tourner vers moi.

– Ne t'inquiète pas. Il ne restera plus rien du bus lorsque les camions de pompier arriveront. Et je ne te parle même pas de Memphis.

J'acquiesçai. J'espérais qu'il avait raison. Il me semblait

que de vivre en tant que vampire dans un monde humain était de plus en plus difficile.

Il s'assit à côté de moi, et je regardai les blessures qui couraient le long de son bras en grimaçant. Nous allions devoir trouver un moyen de les cacher avant d'entrer dans l'hôtel.

– Allons-y, dit-il en regardant au loin.

Tous mes sens étaient en alerte alors que je nous reconduisais à l'hôtel. Nous n'échangeâmes pas le moindre mot. Je regardai Khalan en coin et remarquai qu'il s'était enfoncé dans son siège et avait fermé les yeux.

Il était plus pâle encore qu'à l'habitude. Je ne doutais pas que Memphis avait dû s'acharner sur lui. Après tout, j'ignorais ce qu'elle avait pu lui faire subir avant mon arrivée.

Lorsque nous arrivâmes enfin au Peabody, le portier se hâta de venir ouvrir ma portière.

– Bonsoir, madame Jones.

– Bonsoir, je lui lançai un sourire resplendissant en lui tendant mes clés. Je sortis de voiture et j'ouvris la portière arrière pour détacher Gabby tandis que Khalan se chargeait d'Arianna.

Gabby me lança un sourire fatigué en enroulant les bras autour de mon cou. Je la portai jusqu'à l'entrée, Khalan sur mes talons. Arianna avait passé un bras autour de sa taille et s'appuyait sur lui alors qu'ils marchaient.

Mon cœur se serra en les regardant. Les longs cheveux noirs d'Arianna dissimulaient les blessures de Khalan, qui ressemblait à un père aimant, aidant sa fille fatiguée à regagner l'hôtel.

Nous nous dirigeâmes à notre chambre et je fouillai mon sac pour y trouver la clé. Une fois à l'intérieur, je verrouillai derrière nous, et allongeai Gabby sur le lit.

J'aidai ensuite Khalan à coucher Arianna, et je bordai mes filles dans un soupir.

– Il faut que j'y aille, il se frotta les yeux et s'agrippa au mur, chancelant.

Je me précipitai vers lui.

– Tu ne peux pas partir comme ça. Tu es bien trop faible. Dis-moi ce dont t'as besoin.

Il soupira, les paupières lourdes.

– Il me faut du sang.

Je fronçai les sourcils.

– Je peux aller chercher quelqu'un dans le lobby si tu veux.

Il secoua la tête.

– Non, c'est trop risqué. Pas ce soir. Pas après tout ce qui s'est passé.

– Bois le mien, dans ce cas.

Il fronça les sourcils.

– C'est possible, non ? Tu m'as donné ton sang quand j'étais affaiblie, et je ne me suis jamais sentie aussi bien.

– Tu ne sais pas de quoi tu parles, il détourna le regard.

– Pourquoi ? Qu'est-ce qui se passera, si tu bois mon sang ?

Son regard trouva le mien.

– Si je bois ton sang je serai… connecté à toi. J'aurai accès à tout, tu n'auras plus aucune vie privée.

– Je n'en ai déjà aucune, répondis-je d'une voix blanche.

– Je t'assure que ça n'a rien d'agréable.

– Écoute, tu as besoin de sang, alors bois le mien. Ce n'est pas comme si on avait le choix, de toute façon.

Je pris sa main et le poussai vers la cuisine. Je m'assis sur un plan de travail et me tournai vers lui.

Il resta planté là, sans bouger.

Dans un soupir, je l'attirai entre mes jambes. Il fronça les sourcils, la respiration affolée.

CHAPITRE VINGT SEPT

– Je t'ai déjà pris bien assez, je ne peux pas faire ça, il contracta la mâchoire. Tu te rends compte de ce que Memphis voulait me forcer à faire ? Elle voulait que je tue tes enfants.

– Mais tu ne l'as pas fait. Tu as sauvé mes filles. Tu m'as sauvée, *moi*. C'est le moins que je puisse faire pour te remercier, je lui pris la main et entrelaçai nos doigts.

– Vraiment ?

Nos regards se rencontrèrent, et je sentis soudain mon corps s'embraser. J'avais l'impression d'avoir été frappée par la foudre.

J'écartai mes cheveux avant de poser la main sur son cou pour le rapprocher de moi.

Il ne me repoussa pas. Et lorsqu'enfin sa respiration vint caresser ma joue, il posa les mains sur mes hanches.

– Ne me laisse pas trop boire, sa respiration était ardente contre ma chair.

Il posa les lèvres sur ma peau qu'il embrassa doucement, cette agréable sensation bientôt remplacée par une vive douleur lorsque ses dents trouvèrent leur cible. Je fus bientôt submergée par un plaisir délectable, et je caressai ses bras musclés avant d'aller jouer avec ses cheveux. Je me sentais si bien avec lui à mes côtés. Il me suça le cou avidement, et ma chair s'embrasa sous son toucher.

Il referma son emprise sur ma taille, et pris mon visage en coupe. Je ne tentai même pas de réprimer le gémissement qui traversa mes lèvres. Il pressa son érection contre moi, faisant naître un intense désir dans mon ventre. J'enroulai mes jambes autour de sa taille.

– Khalan, soupirai-je.

Il suçota mon cou quelques instants encore avant de se redresser pour déposer un doux baiser sur mes lèvres.

La tête me tournait de désir. Il pressa son front contre le mien, nos respirations se mêlant.

– Comment tu te sens ? je le regardai.

– J'ai envie de toi, son regard ardent rencontra le mien.

Je partageais ce sentiment, mais je ne lui en dis pas mot. C'était de toute façon évident sur mon visage, et à la façon dont je me frottais contre lui, tel un chat en manque de caresses.

Il captura mes lèvres dans un nouveau baiser envoutant. L'une de ses mains vint se perdre dans mes cheveux alors qu'il caressait ma féminité.

Je refermai mes cuisses autour de lui, et il me souleva pour me presser contre le mur.

– T'aurais dû mettre une jupe, grogna-t-il en embrassant mon cou.

– Si seulement on était seuls, je m'agrippai à lui. Même complètement habillé, il me faisait plus de bien que Miles en une dizaine d'années de mariage.

Il se frotta contre moi jusqu'à me faire jouir, une main plaquée contre ma bouche pour étouffer mes gémissements.

Extatique, j'enroulai les bras autour de son cou en me blottissant contre lui.

– Il faut que tu te reposes, sa voix profonde me fit frissonner violemment.

Il me porta jusqu'au lit vide où il m'allongea doucement avant de retirer mes chaussures. Son regard trouva le mien alors qu'il se penchait pour déboutonner mon pantalon. Je relevais les hanches pour qu'il le fasse glisser le long de mes jambes. Ses yeux s'assombrirent en voyant mon string en dentelle noir.

Il se tourna pour poser mon jean sur une chaise, et je me décalai pour lui faire une place à mes côtés.

– Tu ne peux pas partir. Il faut que tu restes, la nuit a été longue, dis-je.

Il s'assit sur le lit et retira ses bottes, puis il se leva pour déboutonner son jean, avant de se raviser.

– Je pense qu'il vaudrait mieux que je le garde.

Une vague de déception me traversa. Mais il avait raison. Nous ne pouvions décemment pas laisser libre cours à nos plus ardents désirs avec les filles dans la chambre, quand bien même nous en brûlions d'envie.

Je me tournai sur le côté et il se glissa à côté de moi. Mon cœur bondit dans ma poitrine en réponse à sa proximité.

Il venait de me faire jouir, et pourtant j'en voulais plus. Bien plus.

Il posa une main sur ma taille pour me rapprocher de lui. Je souris en fermant les yeux.

– Khalan ?

– Oui ?

– Je suis vraiment désolée pour ta femme, ma voix se brisa sur le dernier mot.

– C'était il y a longtemps, répondit-il dans un murmure.

Un long silence s'étendit entre nous.

– Tu n'as jamais voulu retrouver l'amour après avoir été transformé ?

Je retins mon souffle malgré moi.

– Comment pourrais-je mériter d'être aimé après ce que j'ai fait ? J'ai tué ma femme et mon enfant à naître.

– Ce n'est pas ta faute, tu avais été hypnotisé, je le regardai par-dessus mon épaule.

Il ne répondit pas, et je me tournai pour lui faire face.

– Tu n'es pas responsable de ce que Memphis t'a forcé à faire. Elle t'a privé de ta vie, et t'a transformé en…

– Monstre ?

– Ce n'est pas ce que j'allais dire.

– Je t'ai fait exactement la même chose. Je t'ai pris ta vie. Je ne t'ai pas laissé le choix, il s'allongea sur le dos et couvrit les yeux de son bras.

Je déglutis, la gorge serrée par l'émotion. Il n'avait pas tort, mais je ne le détestais pour autant pas comme il détestait Memphis.

– Je ne te déteste pas, Khalan.

– Et pourtant chaque fois que tu me regardes, tu te souviens de la vie dont je t'ai privée.

Il leva le bras pour me regarder. Il avait l'air exténué.

– Au moins j'ai encore une vie, répondis-je après un instant en regardant mes enfants. Elles étaient encore plongées dans un profond sommeil.

Je lui tournai le dos en espérant que Khalan se blottirait contre moi.

Cette fois, il ne le fit pas.

Khalan était déjà parti lorsque je me réveillai dans la matinée. Je m'assis dans mon lit, étrangement déçue qu'il n'y soit plus.

– Maman ? Gabby se frotta les yeux en se tournant vers moi.

– Coucou ma chérie, je me levai pour aller m'asseoir au bord de son lit. Comment tu te sens ?

– Ça va. Qu'est-ce qui s'est passé, hier soir ?

– De quoi est-ce que tu te souviens ? je caressai douce-ment ses cheveux.

– J'en sais trop rien, elle fronça les sourcils.

– Moi je me souviens, Arianna bâilla en s'étirant. Memphis n'était pas du tout celle qu'on croyait.

– Comment ça ?

Je ravalai ma surprise. Khalan ne l'avait-il pas hypnoti-sée ? Se rappelaient-elles toutes deux que Memphis était un vampire ?

– C'est une vraie diva, Arianna se redresse en fronçant les sourcils. Elle a dit qu'elle allait nous faire voir son bus de tournée et nous faire passer une journée de rêve, mais elle n'a pas arrêté de hurler sur ses employés au moindre petit problème. Ce n'est pas du tout quelqu'un de bien.

– Et ses chansons sont pas dingues non plus, acquiesça Gabby.

– Vous vous souvenez d'autre chose ? insistai-je.

– Juste qu'elle a mis le feu à son bus de tournée et que le concert a été annulé, Arianna secoua la tête.

Gabby prit la télécommande pour allumer la télévision. La nouvelle du concert annulé de Memphis était sur toutes les chaînes d'informations. Des images de son bus carbonisé et de fans en larmes défilaient à l'écran.

– Regardez ! dit Gabby en pointant du doigt la télévision.

« *Selon la police, le corps de Memphis, la célèbre chanteuse, a été retrouvé dans les décombres de son bus de tournée. Elle était depuis longtemps déjà suspectée d'abuser de drogues et d'alcool, et la police pense que la chanteuse a voulu mettre un terme à ses jours avec cet incendie.* »

Ma mâchoire se décrocha, et je regardai les filles.

– Je suis vraiment désolée. Je sais que vous adoriez sa musique.

– Je sais que je devrais me sentir mal, mais bizarrement c'est pas le cas, Arianna se tourna vers moi. Je suis désolée pour sa famille, mais on dirait qu'elle l'a bien cherché.

– Et toi Gabby, qu'est-ce que tu en penses ? je regardai ma cadette.

– C'est toujours triste quand quelqu'un meurt, mais elle avait l'air de vivre dans un autre monde. Elle n'appréciait plus rien, elle fronça les sourcils. Maman ?

– Oui ?

– J'ai super faim, on peut commander à manger ?

– Bien sûr, je souris en décrochant le téléphone posé sur la table de nuit.

CHAPITRE VINGT-NEUF

Une fois rentrées, j'appelai Stéphanie pour lui donner des nouvelles. Je lui expliquai que nous allions toutes les trois très bien. Elle avait appris le décès de Memphis et m'avait assuré savoir ce qui s'était passé. Elle était convaincue que Memphis avait été assassinée par ses clients après qu'elle ait été incapable de leur fournir des enfants à sacrifier.

Je ne confirmai pas son hypothèse, me contenant simplement de lui dire que c'était effectivement possible.

Le lundi suivant, je déposai les filles à l'école avant de me rendre à l'agence de l'Oncle Stan. L'appareil contenant les photos de Carla et de Jonathan était encore dans mon sac, même si je n'avais toujours pas décidé ce que j'allais en faire.

Je ne voulais pas causer de problèmes à Carla, mais j'avais besoin de ce travail.

Je pris les escaliers au lieu de l'ascenseur pour me laisser un peu de temps pour faire mon choix, en vain. Je n'avais toujours rien décidé lorsque j'ouvris la porte de son bureau.

– Ah, Rachel ! Entrez ! J'allais justement vous appeler, l'Oncle Stan se leva en me faisant signe d'approcher. C'était comment, Memphis ? Le Peabody vous a plu ? J'ai entendu dire qu'il y avait eu du grabuge.

– Ah ? je déglutis bruyamment.

– Oui, cette chanteuse qui est morte dans l'incendie de son bus de tournée, l'Oncle Stan remonta ses lunettes le long de son nez en s'enfonçant dans son siège.

– Ah, oui. J'ai vu ça aux infos, mentis-je.

– Enfin bref, je voulais vous demander de venir pour qu'on parle de l'affaire, il entrelaça les doigts sur son ventre.

– Je vois, je m'agrippai à mon sac à main.

– Jonathan Lenderman vous a vue en train de le prendre en photo.

Je m'éclaircis la gorge.

– J'ai essayé d'être discrète, et je pensais qu'il était avec la fille-appât mais il était avec une autre femme.

– Une femme qu'il avait payée pour coucher avec lui, acquiesça l'Oncle Stan.

– Oui, je me mordillai la lèvre. Écoutez Stan, j'ai merdé mais...

– Merdé ? C'est le moins qu'on puisse dire, intervint-il en éclatant de rire. Je sursautai.

– Je sais qu'ils ne sont pas censés savoir qu'on les prend en photo, je suis vraiment désolée...

– C'est sa femme, notre cliente, qui m'a tout raconté. Mais vous savez, moi tout ce qui m'importe c'est de faire le bonheur de nos clients. Pour qu'ils soient heureux de me payer.

– Et elle vous a passé un savon ?

– Un savon ? Pas du tout ! Elle est ravie. Apparemment, quand son mari vous a vue le prendre en photo, il est rentré chez lui à toute vitesse et a accepté de la laisser divorcer. Il a juré qu'il lui donnerait tout ce qu'elle voudrait, tant qu'elle n'ébruitait pas ses... habitudes.

– Vraiment ? ma mâchoire sembla se décrocher.

– Vraiment. Apparemment, il est plus inquiet pour sa réputation que pour sa place au sein de la communauté. Donc on n'a plus besoin des photos, acquiesça Stan.

– Je vois, je soupirai de soulagement.

– Et notre cliente était si contente qu'elle nous a donné un bonus. Voici votre part.

Il me tendit une enveloppe que je récupérai avant d'en compter le contenu.

– Merci. Je pensais sincèrement que vous alliez me virer en arrivant.

– Vous virer ? Pas aujourd'hui, il se pencha vers moi, les coudes posés sur son bureau. Je voulais vous toucher deux mots sur l'affaire Nikki.

Je grognai.

– Je vais peut-être avoir besoin de vous, et il faudra que vous fassiez plus que de prendre des photos. Est-ce que ce serait un problème ?

– Brad est mort. Où est-ce que vous voulez que j'aille repêcher son corps ? l'inquiétude me serra la gorge. Je suis photographe, pas enquêtrice.

– Tout ce que je veux savoir, c'est si vous pouvez vous occuper de ce contrat sans le prendre personnellement, même si on donne un coup de main à la femme avec laquelle votre mari vous a trompée, l'Oncle Stan me fixa longuement.

– Qu'est-ce que vous voulez que je fasse ? je croisai les bras en soupirant.

– Rien pour le moment. Je veux juste que vous sachiez qu'il est possible que je fasse appel à vous. J'ai besoin de savoir que vous pourrez vous en charger.

– Il n'y aura pas de problème, je vous l'assure.

Après tout, il valait sans doute mieux que je reste au cœur de l'affaire afin de dissimuler toute preuve incriminant Khalan, ou moi.

– Parfait. Ce sera tout pour aujourd'hui. Je vous appellerai quand j'aurai besoin de vous, l'Oncle Stan se leva.

– Merci, je souris en récupérant mon sac à main et mon appareil.

Je pris l'ascenseur pour descendre. Mon téléphone se mit à sonner alors que je quittai le bâtiment pour retourner à ma voiture.

– Allô ?

– Salut Rachel, dit Miles. J'ai entendu parler de ce qui s'était passé au concert. Les filles vont bien ?

– Oui, oui. En fait, je dois admettre que je suis même surprise qu'elles ne soient pas plus affectées que ça. Je pense que leur opinion de Memphis a changé.

– Tant mieux. Je ne sais pas ce qu'elles lui trouvaient à la base.

Je soupirai.

– Comment ça va, au travail ?

– Bien. Tu seras ravie d'apprendre que j'ai quitté mon appartement au-dessus du garage de la vieille Grishom pour me réinstaller dans mon studio.

– C'est super. On dirait que la chance commence à tourner.

– Effectivement. Je viens d'être augmenté à l'hôpital et je me suis même acheté une nouvelle voiture.

Je descellai une pointe de fierté dans sa voix.

– Une autre Tesla ? je haussai un sourcil.

– Non, j'ai investi dans une Porsche cette fois.

Ma mâchoire se décrocha. Toute la compassion dont j'avais pu faire preuve envers lui commençait à s'évaporer.

– J'imagine que je peux encaisser le chèque que tu m'as fait maintenant ?

– En parlant de ça, si tu pouvais attendre que je revienne de mes vacances au Bahamas, ce serait vraiment sympa…

Je raccrochai et jetai mon téléphone dans mon sac.

Les deux seuls hommes dans ma vie étaient aussi diffé-
rents que le jour et la nuit. Tous deux avaient détruits leur
famille, mais seul l'un d'entre eux était un monstre
d'égoïsme.

Et ce n'était pas le vampire.

Fin

À PROPOS DE L'AUTEUR

Jodi Vaughn est l'auteur à succès USA Today de plus de vingt romans.

Inscrivez-vous à la newsletter ici pour

Abonnez-vous à ma newsletter ici!